南原充士 訳
NAMBARA Jushi

シェークスピア ソネット集

詩人の遠征
▼
extra trek
03

洪水企画

シェークスピアのソネットについて

南原充士

１．ソネットの由来

　わが国でソネットと言えば、立原道造や谷川俊太郎に代表される十四行詩で、抒情的な詩風が特徴的だ。最近では、ソネット形式での詩はあまり書かれていないように見えるが、長い歴史の変遷を見れば今後も詩を書いていく上で重要な役割を果たす可能性があると思われる。

　ソネットの起源は、ルネサンス期のイタリアにあるようだ。14 世紀のイタリアで、ソネット形式で詩を書いたペトラルカが有名である。ソネットは他の国々にも広まり、たとえばイギリスの詩人もまたソネットを書き始めたということだ。とりわけシェークスピアはソネットを数多く作っていて、1609 年には、154 篇を収めたソネット集を刊行している。ソネットにもイタリア風、シェークスピア風、スペンサー風などがあり、今日までさまざまな詩人によって書かれてきたが、長い間にはソネットが盛んに作られたこともあればあまり書かれなくなった時期もあったようだ。

　その後のソネットの書き手として著名な詩人には、ボードレール、リルケなどがいる。

　日本にソネットが紹介されたのは、明治以後で、西欧の詩人の翻訳というかたちで入って来た。坪内逍遥のシェークスピアの翻訳や上田敏の『海潮音』などがよく知られている。

　日本人によるソネット作りの試みは、1942 年に始まった福永武彦ほかによる『マティネ・ポエティック』運動が有名だが、三好達治の否定的な反応もあり大きな発展は見られなかったらしい。それでも、その後も、数の多少はあるとしてもソネットは書かれ続けてきており現在の日本におけるひとつの詩形として定着していると言えるだろう。

2．シェークスピアのソネット

（1）ソネットの歴史をたどってみるといろいろ意外なことにも気づくが、劇作家として世界文学史上に燦然と輝くシェークスピアが多くの詩を書き、そのうちソネットも数多く残されていることは注目に値する。

（2）シェークスピアのソネットは、日本的なソネットとは雰囲気が大いに違ったものだ。その理由は必ずしも明らかではないが、シェークスピアが当時置かれた状況が影響している可能性はあるだろう。

　シェークスピアについての資料をみると、154篇のソネットは大きく四つに分類することができるということである。

　　① 若い男性（美男子）に子作りを勧める詩（1～17）
　　② 美男子に対する作者の愛を歌った詩（18～126）
　　③ 若い女性への愛の詩（127～152）（ダークレディ詩篇と呼ばれる）
　　④ 寓話的なキューピッドの詩（153～154）

（3）シェークスピアのソネットの形式は、14行が続けて書かれており、日本でよく見られる4433の形式で連ごとに空き行が置かれているスタイルとは異なっている。

　また、4行ずつのまとまりが3連あったあとにカプレットと呼ばれる2行の連が置かれている。最後の2行は要約的な意味合いを持っている。

　押韻構成は、(a)(b)(a)(b)(c)(d)(c)(d)(e)(f)(e)(f)(g)(g) となっており、アクセントは、弱強五歩格となっている。

（4）シェークスピアのソネットは、美男子への子作りの勧め、作者の美男子への愛情、ダークレディと呼ばれる黒髪、色黒の女性との関係など当時としてはやや異色のテーマを取り上げたものとなっているが、なぜシェークスピアがそのような内容にこだわって多くのソネットを残したのかは必ずしもよくわからない。シェークスピアが恋愛の常識を覆して逆説的な表現をしたのではないかという見方もあるが、どんなものだろうか。

（５）そもそもシェークスピアの英語は４００年以上前のものなので、単語の意味や文法も現在とは違った部分も多いので、その日本語訳にはかなりの困難がある。これまでにも何人もの先人が『ソネット集』の完訳あるいは部分訳を発表してきているが、それぞれ翻訳作業に苦労したことと思われる。また、日本的抒情詩に比べるとかなり理屈っぽく観念的な表現も多いので戸惑う読者もいるのではないかという気がする。それでもシェークスピアが情熱を注いでソネットを書き続けたとしたらそこにはなにかわけがあり、詩作についてのヒントも得られるかもしれないというのがわたしの直観であるが、今までのところは明確な意味づけはできていない。今後も少しずつ『ソネット集』を読み進めることでそのへんの謎を解明してみたいと思う。

（６）ともあれ、ソネットという14行詩が日本にも受容され日本独自のソネットの歴史があることを思えば、シェークスピアの代表的なソネットに親しむことも有意義であると考えて日本語に訳してみた次第である。先人の訳文に比べるとできるだけわかりやすく口語的にかつ原文に忠実に訳すことに意を用いたので、難解なシェークスピアのソネットを手軽に楽しんで頂けるものと信じる。

『参考文献』
　　主として Shakespeare's Sonnets（Oxquarry Books Ltd）を参考にさせていただいた。

献辞

このソネット集を出版するにあたって
わたしは成功を祈る冒険家として
ここに収められたソネット集の唯一の生みの親である
W.H. 氏に対して
あらゆる幸福と
われらの不滅の詩人が同氏に対して約束した永遠の名声を
乞い願う。

T.T.

The Dedication

TO. THE .ONLIE . BEGETTER . OF.
THESE . INSVING . SONNETS.
MR. VV. H. ALL .HAPPINESSE.
AND .THAT. ETERNITIE.
PROMISED.

BY.

OVR. EVER-LIVING. POET.

WISHETH.

THE . WELL-WISHING.
ADVENTVRER . IN .
SETTING.
FORTH .

T. T.

（注）「T.T.」は出版者のトマス・ソープ（Thomas Thorpe）の略だが、この献辞を書いたのがソープかシェークスピアかはわかっていない。大文字とピリオドが使われているのは古代ローマの銘に似せることで、永遠性と重厚感を与えたかったのだろう。シェークスピアもソネット 55 番の中でこのソネット集は石碑や銘のような俗世のものより長持ちすると述べている。

ソネット 1 番から 1 2 6 番は美男子に向けられたものである。「W・H 氏」の特定には 2 つの方向性があって、1 つは「W・H 氏」をその美男子と同一人物と考えるもの、もう 1 つはまったく別人と考えるものである。

W・H 氏の候補に挙がっている人物には色々な人がいるが、有力候補とされているのは次の二人のようである。

William Herbert(1580 〜 1630)　3 代目ペンブルック伯ウィリアム・ハーバートは、「ファースト・フォリオ」（シェークスピアの死の 7 年後の 1 6 2 3 年にジョン・ヘミングス及びヘンリー・コンデルの編集により出版されたシェークスピアの戯曲集のこと）が献呈されていることから、最有力候補と見られている。

Wriothesley, Henry(1573 〜 1624)　3 代目サウサンプトン伯ヘンリー・リズリーのイニシャルを逆さまにしたものと考える。サウサンプトン伯はシェークスピアの詩『ヴィーナスとアドーニス』及び『ルークリース凌辱』を献呈されている。なお、サウサンプトン伯は美男子だったことで知られている。

8

シェークスピアの

ソネット集

初版

————————————

ロンドン

出版者 T.T. のために G. エルドにより印刷
販売者はウィリアム・アスプリー

1609

SHAKE-SPEARES

SONNETS

Never before Imprinted

————————————

AT LONDON

By G.Eld for T.T. and are

to be solde by William Aspley.

1609.

ソネット　1

最も美しい生き物が繁栄することをわれわれは願う
それによって美しい薔薇の品種が絶滅することのないように
だが　より熟したものは時とともに滅びるので
その若い後継ぎがその記憶を保ち続けてほしい、
だが　自分の明るい目を保つことを義務付けられたあなたは
自分自身を燃料として自分の光の炎に与え
豊穣な場に飢饉をもたらす
自分自身というあなたの敵は　あなたの甘美な自身に対してあまりに残酷だ、
今　世界の新鮮な飾りであり
華やかな春の唯一の先触れであるあなたは
自分自身のつぼみの中に自分の欲望を埋めたまま
そして　若い男よ　あなたはその美を出し惜しみしながら無駄にしてしまう、
　　世界を哀れみなさい　さもなければこの大食らいは
　　墓とあなた自身によって　世界に与えられた美の分け前を食いつくしてしまうだ
　　　ろう。

Sonnet I

From fairest creatures we desire increase,
That thereby beauty's rose might never die,
But as the riper should by time decease,
His tender heir might bear his memory:
But thou contracted to thine own bright eyes,
Feed'st thy light's flame with self-substantial fuel,
Making a famine where abundance lies,
Thy self thy foe, to thy sweet self too cruel:
Thou that art now the world's fresh ornament,
And only herald to the gaudy spring,
Within thine own bud buriest thy content,
And, tender churl, mak'st waste in niggarding:
　Pity the world, or else this glutton be,
　To eat the world's due, by the grave and thee.

ソネット　2

四十回の冬があなたの額を包囲し
あなたの美しい戦場に深い塹壕を掘るだろうとき、
今そんなにも見つめられるあなたの誇らしい服装は
価値の乏しいみすぼらしい身なりになってしまうだろう、
そして　あなたの美しさはどこにあるのか
あなたの活力に満ちた日々の財宝はどこにあるのかと問われるとき
あなた自身の深くくぼんだ目の中にあると答えるとすれば
それは全くの恥辱であり無益な称賛となるだろう、
もしあなたが「この美しいわたしの子供がわたしの女性経験の総決算であり
わたしが年老いたことの説明をするだろう」と答えて
あなたの後継ぎによってその美しさを証明することができるなら
あなたの美しさの使い道へのそれ以上の称賛がありうるだろうか？
　　それはあなたが年老いた時に新たに生まれなおすということになるだろう
　　そしてあなたが自分の血が冷たいと感じる時にそれは温かく流れるだろう。

Sonnet II

When forty winters shall besiege thy brow,
And dig deep trenches in thy beauty's field,
Thy youth's proud livery so gazed on now,
Will be a totter'd weed of small worth held:
Then being asked, where all thy beauty lies,
Where all the treasure of thy lusty days;
To say, within thine own deep sunken eyes,
Were an all-eating shame, and thriftless praise.
How much more praise deserv'd thy beauty's use,
If thou couldst answer 'This fair child of mine
Shall sum my count, and make my old excuse,'
Proving his beauty by succession thine!
　　This were to be newmade when thou art old,
　　And see thy blood warm when thou feel'st it cold.

ソネット　3

あなたは鏡を見て　そこに映る顔に
「今はその顔に別の顔を与えるべき時だ」と言いなさい
今あなたが新しく生まれ変わらないとしても新たな顔を生み出す時だと
あなたは世間を欺きあなたの妻となるべき女性を不幸にする、
というのも　夫の鍬入れを恥とするような
美しい処女はどこにいるだろうか？
あるいは　自己愛の墓場となって子孫を残さない
愚かな男性などいるだろうか？
あなたは母の鏡であり　彼女はあなたの中に
愛らしい盛りだった４月を思い起こす
そうして　あなたもあなたの年齢の窓を通して
皺はあるにせよ　あなたの黄金時代を見るだろう、
　　だが　あなたが自分は思い出されなくてもいいと決めて生きて
　　ひとり身のままで亡くなったとしたら　あなたの面影はあなたとともに死んでしまう。

Sonnet III

Look in thy glass and tell the face thou viewest
Now is the time that face should form another;
Whose fresh repair if now thou not renewest,
Thou dost beguile the world, unbless some mother.
For where is she so fair whose uneared womb
Disdains the tillage of thy husbandry?
Or who is he so fond will be the tomb
Of his self-love, to stop posterity?
Thou art thy mother's glass and she in thee
Calls back the lovely April of her prime;
So thou through windows of thine age shalt see,
Despite of wrinkles, this thy golden time.
　　But if thou live, remembered not to be,
　　Die single and thine image dies with thee.

ソネット　4

愛らしい浪費家よ　なぜあなたは
あなたの美の遺産を自分自身のために消費してしまうのだろうか？
自然はその美質を無償で与えることはなく貸し付けるだけだ
自然はおおらかなのでそれを物惜しみしない者に貸し付ける、
美しいしみったれよ　なぜあなたは
与えるために与えられた豊かな美質を濫用するのだろうか？
利益を得ない貸し付け者よ　なぜあなたは
そんなにも多額な金額を消費しながら　なお楽しく暮らすことができないのだろう？
自分自身と取り引きするだけでは
あなたは甘美な自分自身を自ら欺くことになる
自然があなたにこの世を去る時期を告げる時
あなたはどれだけ受け入れ可能な決算書を残せるだろう？
　あなたの美貌はもし消費しなければあなたの死とともに墓に葬られるだろう
　消費されるなら　あなたの美の後継者としての子孫に引き継がれるだろう。

Sonnet IV

Unthrifty loveliness, why dost thou spend
Upon thy self thy beauty's legacy?
Nature's bequest gives nothing, but doth lend,
And being frank she lends to those are free:
Then, beauteous niggard, why dost thou abuse
The bounteous largess given thee to give?
Profitless usurer, why dost thou use
So great a sum of sums, yet canst not live?
For having traffic with thy self alone,
Thou of thy self thy sweet self dost deceive:
Then how when nature calls thee to be gone,
What acceptable audit canst thou leave?
　Thy unused beauty must be tombed with thee,
　Which, used, lives th' executor to be.

ソネット　5

すべての目はその愛らしいものに注がれる
その愛らしいものを丁寧に作り上げてきた歳月は
やがてその愛したものに対して残酷な暴君となり
何にも優る美を醜く変えてしまう、
決して休むことない時は夏をおぞましい冬へと連れて行き
夏をそこで壊してしまう
樹液は霜に妨げられ　青い葉はことごとく失われる
美は雪に覆われ　あたりがすべて裸地となる、
もし夏の間に抽出したものがなければ
つまりガラスの容器に閉じこめられた液体の囚人がいなければ
美の効能は美とともに失われてしまうだろう
そればかりか美が存在したという記憶さえ失われてしまうだろう、
　　だが花から香りを抽出しておけば　冬を迎えても
　　そのうわべの美は失われるにせよ　その本質は末永く甘美さをとどめるだろう。

Sonnet V

Those hours, that with gentle work did frame
The lovely gaze where every eye doth dwell,
Will play the tyrants to the very same
And that unfair which fairly doth excel;
For never-resting time leads summer on
To hideous winter, and confounds him there;
Sap checked with frost, and lusty leaves quite gone,
Beauty o'er-snowed and bareness every where:
Then were not summer's distillation left,
A liquid prisoner pent in walls of glass,
Beauty's effect with beauty were bereft,
Nor it, nor no remembrance what it was:
　But flowers distilled, though they with winter meet,
　Leese but their show; their substance still lives sweet.

ソネット　6

だからあなたの美のエッセンスが抽出される前にあなたの中の夏を
冬のざらざらした手で台無しにさせないようにしなさい
ある容器を甘美な液体で満たしなさい　そして美の宝が自ら滅びる前に
あなたは美の宝をどこかにしまっておきなさい、
進んで負債を返済するひとびとを幸福にする美の宝の使い方なら
利息をとることは禁じられていない
ほかのあなたを生み出すのはあなた自身のためだ
あるいはひとりから十人に増えれば十倍幸福だろう、
あなたの十人の子がさらに十倍あなたを生み出せば
あなた自身も十倍幸福になるだろう
それならあなたが亡くなったとしても
死は手も足も出ず　あなたを後世に生かすことになる、
　どうか自らにこもらないでください　なぜならあなたはあまりに美しいからだ
　死の餌食になりあなたの遺体を蛆虫の巣にするには。

Sonnet VI

Then let not winter's ragged hand deface,
In thee thy summer, ere thou be distilled:
Make sweet some vial; treasure thou some place
With beauty's treasure ere it be self-killed.
That use is not forbidden usury,
Which happies those that pay the willing loan;
That's for thy self to breed another thee,
Or ten times happier, be it ten for one;
Ten times thy self were happier than thou art,
If ten of thine ten times refigured thee:
Then what could death do if thou shouldst depart,
Leaving thee living in posterity?
　Be not self-willed, for thou art much too fair
　To be death's conquest and make worms thine heir.

ソネット　7

ほら！東の空に優美な光が
燃える頭をもたげるとき　この世のひとびとは
聖なる君主を崇める感情を示して
その新しい出現を讃える、
そしてそれが険しい空の丘を登り切って
中年でもなお強い若さを装うとき
ひとびとはなおその美しさを讃え
その黄金の巡幸にかしずく、
だがそれが登り詰めたところから　疲れた馬車に乗って
老人のように　よろめきながら一日を終えるとき
ひとびとは　以前は忠誠を尽くしていたのに　今やその低い位置から
目をそらし　よそ見をする、
　　だから　あなたは子供を設けない限り
　　真昼の中で消え失せ　死んで注目されることもなくなってしまう。

Sonnet VII

Lo! in the orient when the gracious light
Lifts up his burning head, each under eye
Doth homage to his new-appearing sight,
Serving with looks his sacred majesty;
And having climbed the steep-up heavenly hill,
Resembling strong youth in his middle age,
Yet mortal looks adore his beauty still,
Attending on his golden pilgrimage:
But when from highmost pitch, with weary car,
Like feeble age, he reeleth from the day,
The eyes, 'fore duteous, now converted are
From his low tract, and look another way:
　So thou, thyself outgoing in thy noon
　Unlooked on diest unless thou get a son.

ソネット　8

聴くべき音楽　なのに音楽を聴く時　あなたはなぜ悲しそうなのですか？
甘美さは甘美さと争わず　歓喜は歓喜の中にあるのです
あなたは歓喜を与えてくれない音楽をなぜ愛するのですか？
あるいはあなたを悩ませるものを喜んで受け入れるのですか？
よく調律された音の調和が　その結びつきによって
あなたの耳を苛立たせるなら
独身であることにより家庭での役割を担い損なっているあなたを
やさしく咎めるということでしょう、
やさしい夫から夫へと伝えられる一本の弦が
それぞれの弦と互いに順序を保ちながら演奏される様子をご覧なさい
よく似た父と子そして幸福な母
かれらはひとつにまとまって楽しい調べを奏でます、
　　ひとつに見えても多数の弦によって奏でられる　言葉のない歌が
　　あなたに歌います「独身のあなたはなにも生み出さないでしょう」と。

Sonnet VIII

Music to hear, why hear'st thou music sadly?
Sweets with sweets war not, joy delights in joy:
Why lov'st thou that which thou receiv'st not gladly,
Or else receiv'st with pleasure thine annoy?
If the true concord of well-tuned sounds,
By unions married, do offend thine ear,
They do but sweetly chide thee, who confounds
In singleness the parts that thou shouldst bear.
Mark how one string, sweet husband to another,
Strikes each in each by mutual ordering;
Resembling sire and child and happy mother,
Who, all in one, one pleasing note dosing:
　Whose speechless song being many, seeming one,
　Sings this to thee: 'Thou single wilt prove none.'

ソネット　9

あなたが独身生活を送り続けるのは
将来の未亡人が涙を流すのを恐れるからでしょうか？
ああ　あなたが子供を作らないまま亡くなってしまったら
世界は連れ合いを亡くした妻のようにあなたを嘆き悲しむでしょう、
世界はあなたの未亡人として嘆き続けるでしょう
なぜならあなたはあなたの姿をこの世に残さないからです
もし子供たちがいればその姿を見ることによって
それぞれの未亡人は夫の姿を心にとどめることができるはずであるのに、
浪費者が世間でどんなことにお金を遣ったとしても
お金は回り回るので　世間はそれを喜んで受け入れます
でも美の浪費は世間で終わりを迎え
きちんと消費しない消費者は美を損なってしまいます、
　他人を愛する心がなければ
　自分自身　後継ぎを残さないという恥をかくことになるでしょう。

Sonnet IX

Is it for fear to wet a widow's eye,
That thou consum'st thy self in single life?
Ah! if thou issueless shalt hap to die,
The world will wail thee like a makeless wife;
The world will be thy widow and still weep
That thou no form of thee hast left behind,
When every private widow well may keep
By children's eyes, her husband's shape in mind:
Look what an unthrift in the world doth spend
Shifts but his place, for still the world enjoys it;
But beauty's waste hath in the world an end,
And kept unused the user so destroys it.
　No love toward others in that bosom sits
　That on himself such murd'rous shame commits.

ソネット 10

恥ずかしいことだからあなたは誰かを愛していると言うのはやめなさい
なぜならあなたは自分自身さえ将来がはっきりしていないのだから
あなたがそう言うのなら多くのひとに愛されていることを認めよう
だがあなたがだれひとり愛していないことはきわめて明白であることも認めよう、
なぜならあなたは残虐な憎悪にとらわれているので
自分自身に逆らうことにもためらいを持たない
美しい屋根は修理することこそあなたの大切な願いであるはずなのに
あなたはそれを荒廃させてしまう、
おお！あなたは考えをあらためなさい　そうすればわたしも考えを変えるだろう
嫌悪が穏やかな愛よりもまっとうだなどということがあるだろうか？
あなたの人柄の通りやさしく親切でありなさい
あるいは自分自身に対して少なくとも優しい心を持っていることを示しなさい、
　わたしを愛するならあなたはもう一人のあなたを生み出しなさい
　あなたの美しさがもう一人のあなたあるいはあなた自身の中で長く生き続けることができるように。

Sonnet X

For shame deny that thou bear'st love to any,
Who for thy self art so unprovident.
Grant, if thou wilt, thou art beloved of many,
But that thou none lov'st is most evident:
For thou art so possessed with murderous hate,
That 'gainst thy self thou stick'st not to conspire,
Seeking that beauteous roof to ruinate
Which to repair should be thy chief desire.
O! change thy thought, that I may change my mind:
Shall hate be fairer lodged than gentle love?
Be, as thy presence is, gracious and kind,
Or to thyself at least kind-hearted prove:
　Make thee another self for love of me,
　That beauty still may live in thine or thee.

ソネット　11

あなたが年老いるだろうと同様の速さで　あなたは成長する
あなたが別れを告げることになるひとりの子供の中で
あなたが若い時に与えた新鮮な血筋を
あなたが年老いたときには呼び起こせばよい、
そこには知恵と美と豊かさがある
それなくしては愚かさと老いと冷たい腐朽しかない
だれもがあなたと同じ考えを持つなら世の中は滅びるだろう
そして60年もすれば世界は終末を迎えるだろう、
粗野でこれと言って特色がなく無礼であって　自然が残そうとしない者たちは
虚しく滅びさせよう
自然は最も恵まれた資質を与えた者に更に多くを与えた
その豊かな贈り物をあなたは大切にしなければならない、
　　自然はその印章としてあなたを彫った
　　あなたが増刷され　その原型が絶えることのないことを意図しながら。

Sonnet XI

As fast as thou shalt wane, so fast thou growest
In one of thine, from that which thou departest;
And that fresh blood which youngly thou bestowest
Thou mayst call thine when thou from youth convertest.
Herein lives wisdom, beauty and increase:
Without this, folly, age and cold decay:
If all were minded so, the times should cease
And threescore year would make the world away.
Let those whom Nature hath not made for store,
Harsh featureless and rude, barrenly perish:
Look, whom she best endow'd she gave the more;
Which bounteous gift thou shouldst in bounty cherish:
　　She carved thee for her seal, and meant thereby
　　Thou shouldst print more, not let that copy die.

ソネット　12

時を告げる時計の音を数え
輝かしい日が忌まわしい夜に沈むのを見るとき
盛りを過ぎた菫の花を見
黒い巻き毛がすべて齢とともに白髪に変わるのを見るとき、
かつては家畜を炎熱から守っていた
高い木々の葉が枯れ落ち
夏には青々としていた穀物が束ねられて
白く毛羽立ったあごひげとともに荷車で運ばれるのを見るとき、
わたしはあなたの美しさについて問わざるを得ない
あなたは時の砂漠の中をさまよわなければならないのではないか
なぜなら甘いものも美しいものも失われ
ほかのものが育つのを見るほどの速さで滅びるからだ、
　何ものも時の大鎌から身を守れるものはいない
　時があなたを連れ去ろうとするのに対抗しうるのは　新しい命を生み出すこと以
　　外にない。

Sonnet XII

When I do count the clock that tells the time,
And see the brave day sunk in hideous night;
When I behold the violet past prime,
And sable curls, all silvered o'er with white;
When lofty trees I see barren of leaves,
Which erst from heat did canopy the herd,
And summer's green all girded up in sheaves,
Borne on the bier with white and bristly beard,
Then of thy beauty do I question make,
That thou among the wastes of time must go,
Since sweets and beauties do themselves forsake
And die as fast as they see others grow;
　And nothing 'gainst Time's scythe can make defence
　Save breed, to brave him when he takes thee hence.

ソネット　13

おお　あなたはずっとあなたであり続けてほしい　だが　愛すべき者よ
あなたは今ここにいるあなた以外の者ではありえない
来たるべき終末に向けてあなたは準備をしなければならない
そしてあなたのやさしい姿形をだれかに譲らなければならない、
そのように　あなたが借りているその美しさに
終わりがないとしたら
あなたはあなたが亡くなった後でも再びあなたであり続けるだろう
あなたの愛らしい子供があなたの優美な姿を引き継ぐからだ、
しっかりと管理をすれば
冬の日の激しい風や
死の永遠の冷たさの不毛な猛威から家を守れるだろうに
瀟洒な邸宅を荒廃させてしまう者などいるだろうか？
　おお　それは浪費者以外の者ではない　ねえ　愛すべき者よ
　あなたには父がいたと　あなたの息子にもそう言わせようじゃないか。

Sonnet XIII

O! that you were your self; but, love, you are
No longer yours, than you your self here live:
Against this coming end you should prepare,
And your sweet semblance to some other give:
So should that beauty which you hold in lease
Find no determination; then you were
Yourself again, after yourself's decease,
When your sweet issue your sweet form should bear.
Who lets so fair a house fall to decay,
Which husbandry in honour might uphold,
Against the stormy gusts of winter's day
And barren rage of death's eternal cold?
　O! none but unthrifts. Dear my love, you know,
　You had a father: let your son say so.

ソネット　14

わたしは星を観察して運勢判断を行うわけではないが
自分なりに天文学を身に付けている
ただ　わたしの天文学は　伝染病や飢饉や作柄などの
吉凶を占うものではなく、
ひとりひとりの人生における嵐や雨や風などの予報を
刻々と告げ得るものでもなく
また天に見出す頻繁な予兆により
王子たちの運勢がいいものかどうかを告げ得るものでもない、
わたしの知識はあなたの目から得られるものだ
あなたが自分への関心を子孫を残す方へ向けるならば
あなたの目という恒星の中にわたしは
真と美がともに栄えるような技法を読み取る、
　さもなければわたしはあなたについてこのような予測をするだろう
　つまり　あなたの臨終の日は　真と美の終末の日であると。

Sonnet XIV

Not from the stars do I my judgement pluck;
And yet methinks I have Astronomy,
But not to tell of good or evil luck,
Of plagues, of dearths, or seasons' quality;
Nor can I fortune to brief minutes tell,
Pointing to each his thunder, rain and wind,
Or say with princes if it shall go well
By oft predict that I in heaven find:
But from thine eyes my knowledge I derive,
And, constant stars, in them I read such art
As truth and beauty shall together thrive,
If from thyself, to store thou wouldst convert;
　Or else of thee this I prognosticate:
　Thy end is truth's and beauty's doom and date.

ソネット　15

この世に育つあらゆる物について
その盛りはほんの一瞬であり
この広大な舞台で上演されるのは
星たちが秘密の影響力を及ぼす芝居の出し物だけであることを考えると、
ひとびとが植物のように成長し
植物と同じ空によって喝采されあるいは妨害され
若い時は元気満々であっても　頂点に達すると下り始め
そうして彼らの勇姿も忘れ去られてしまうのを見るとき、
この束の間の滞在という物の見方が　わたしの眼前に
若い時のあなたがもっとも豊穣であることを示すとともに
浪費家の時が　衰退と争った末
あなたの若さの昼を暗黒の夜へと変えてしまうことを示すのだ、
　あなたへの愛のために全面的に時と戦ったとしても
　時はあなたから若さを奪い取ってしまうので　わたしは詩を書くことで新たにあ
　なたを接ぎ木することにする。

Sonnet XV

When I consider every thing that grows
Holds in perfection but a little moment,
That this huge stage presenteth nought but shows
Whereon the stars in secret influence comment;
When I perceive that men as plants increase,
Cheered and checked even by the self-same sky,
Vaunt in their youthful sap, at height decrease,
And wear their brave state out of memory;
Then the conceit of this inconstant stay
Sets you most rich in youth before my sight,
Where wasteful Time debateth with decay
To change your day of youth to sullied night,
　And all in war with Time for love of you,
　As he takes from you, I engraft you new.

ソネット　16

だがどうしてあなたはこの血なまぐさい暴君である時と
もっと強力な武器を用いて戦おうとしないのか？
そしてわたしの不毛な詩よりももっと有効なやり方で
あなたは老いと戦うための要塞を築かないのか？
今あなたは幸福の絶頂にある
そしてまだ種のまかれていない多くの処女庭園が
貞淑な願いによって　あなたに生き写しの花々を咲かせるだろう
あなたの肖像画よりもっとあなたに似た花々を、
そのように命の流れを引き継ぐべきなのだ
時の絵筆もあるいはわたしの修業生向けペンも
内面の価値においても外面の美貌においても
あなたというものを他人の目の中に生かし続けることはできないのだから、
　あなた自身を捧げることであなたは永遠にあなた自身を保ち続けるだろう
　そしてあなたは自分のすぐれた技巧で自分を描くことによって生き続けるだろう。

Sonnet XVI

But wherefore do not you a mightier way
Make war upon this bloody tyrant, Time?
And fortify your self in your decay
With means more blessed than my barren rhyme?
Now stand you on the top of happy hours,
And many maiden gardens, yet unset,
With virtuous wish would bear you living flowers,
Much liker than your painted counterfeit:
So should the lines of life that life repair,
Which this, Time's pencil, or my pupil pen,
Neither in inward worth nor outward fair,
Can make you live your self in eyes of men.
　To give away yourself, keeps yourself still,
　And you must live, drawn by your own sweet skill.

ソネット　17

将来においてだれがわたしの詩を信じるだろうか？
その詩があなたの至高の美で満たされているとしても
実際のところこの詩はあなたの人生を隠す墓のようなものに過ぎず
あなたについて書くべきことの半分も表していないことをだれひとり知る者はいな
　　いのだが、
もしわたしがあなたの目の美しさについて書き
そして新しい詩句であなたのあらゆる優美さを表すことができるとしても
来るべき時代の人々は「この詩人はうそつきだ。
その天国のような筆致で地上の人間の顔が表現されたことはかつてなかった」と言
　　うだろう、
時とともに黄ばんだわたしの詩集もまた
たわごとを呟く老人のように軽蔑されるだろう
そしてあなたの称賛を受けるべき本来の権利も
古臭い歌の間延びした韻律のような詩人の熱狂に過ぎないと言われるだろう、
　　だがその時にあなたの子供のいずれかが生きていたなら
　　あなたはその子供の中で　そしてまたわたしの詩行の中で蘇ることになるだろう。

Sonnet XVII

Who will believe my verse in time to come,
If it were filled with your most high deserts?
Though yet heaven knows it is but as a tomb
Which hides your life, and shows not half your parts.
If I could write the beauty of your eyes,
And in fresh numbers number all your graces,
The age to come would say 'This poet lies;
Such heavenly touches ne'er touched earthly faces.'
So should my papers, yellowed with their age,
Be scorned, like old men of less truth than tongue,
And your true rights be termed a poet's rage
And stretched metre of an antique song:
　But were some child of yours alive that time,
　You should live twice, in it, and in my rhyme.

ソネット　18

あなたを夏の日と比べてみようか？
あなたは夏の日より愛らしく穏やかだ
激しい風は五月の蕾を揺らす
そして夏はなんという短い期間だろう、
時折天空の瞳は暑すぎるほどに照りつける
そして黄金の顔色はしばしば陰ってしまう
そしてたまさかあるいは自然の不規則に変わる進路によって
あらゆる美しいものは本来の美しさを失ってしまう、
だがあなたの永遠の夏は色あせることはない
あるいはあなたの美しさは失われることがなく
あなたがわたしの不滅の詩の中で時とともに成長するとき
あなたが死の影の中をさまよっているのだと死が吹聴することもない、
　　人々が息づきあるいは瞳が見ることができる限りは
　　この詩は生き続けて　あなたに命を与える。

Sonnet XVIII

Shall I compare thee to a summer's day?
Thou art more lovely and more temperate:
Rough winds do shake the darling buds of May,
And summer's lease hath all too short a date:
Sometime too hot the eye of heaven shines,
And often is his gold complexion dimm'd;
And every fair from fair sometime declines,
By chance or nature's changing course untrimm'd;
But thy eternal summer shall not fade
Nor lose possession of that fair thou owest;
Nor shall Death brag thou wander'st in his shade,
When in eternal lines to time thou growest:
　So long as men can breathe or eyes can see,
　So long lives this and this gives life to thee.

ソネット　19

貪る時よ　あなたはライオンの爪を鈍らせ
大地にその愛しい子供たちを滅ぼさせ
凶暴な虎の顎から鋭い歯を引き抜き
長生きの不死鳥をその血で燃やす、
あなたが素早く過ぎ行く時　愉快な季節と悲惨な季節を作る
足の速い時よ　この世界とすべてのその滅びゆく愛しいものに対して
あなたがしたいようにすればよい
だが　ひとつだけあなたに禁ずる極悪の罪がある、
おお　あなたの時間によってわが愛する人の美しい額に皺を刻むことをするな
あなたの凶暴なペンでそこに皺を描き込むことをするな
あなたが破壊のコースを過ぎゆくときにも　わが愛するひとには無垢のままでいさ
　せよ
美形を後世の人々に伝えるため、
　とはいえ　最悪の年老いた時よ　あなたはしたいようにすればよい
　あなたの悪行にもかかわらず　わが愛する人はわたしの詩の中で永遠に若さを保
　つだろう。

Sonnet XIX

Devouring Time, blunt thou the lion's paws,
And make the earth devour her own sweet brood;
Pluck the keen teeth from the fierce tiger's jaws,
And burn the long-lived phoenix in her blood;
Make glad and sorry seasons as thou fleet'st,
And do whate'er thou wilt, swift-footed Time,
To the wide world and all her fading sweets;
But I forbid thee one most heinous crime:
O! carve not with thy hours my love's fair brow,
Nor draw no lines there with thine antique pen;
Him in thy course untainted do allow
For beauty's pattern to succeeding men.
　　Yet, do thy worst old Time: despite thy wrong,
　　My love shall in my verse ever live young.

ソネット　20

自然の手が描いた女性の顔を
わたしが愛する女性の地位を占める男性であるあなたは持っている
そしてふしだらな女性たちの移り気とは
無縁のやさしい女性の心を、
それらの女性たちより明るく輝き　くるくると動くけれどもふしだらではなく
見つめたものに黄金の輝きを与える目を　あなたは持っている
ずば抜けたその容姿で男性たちの視線をとらえ女性たちの心を惹きつける
力を持った男性、
あなたははじめは女性として創られた
自然が　あなたを創り　溺愛し
ある物を付け加えることであなたをわたしから奪い
わたしの意に反してある物を付け加えるまでは、
　だが女性たちの歓びのために自然があなたにそれを植え付けたので
　あなたの心の愛はわたしのものとなり　あなたの身体の愛は女性たちの宝物と
　なった。

Sonnet XX

A woman's face with nature's own hand painted,
Hast thou, the master mistress of my passion;
A woman's gentle heart, but not acquainted
With shifting change, as is false women's fashion:
An eye more bright than theirs, less false in rolling,
Gilding the object whereupon it gazeth;
A man in hue all hues in his controlling,
Which steals men's eyes and women's souls amazeth.
And for a woman wert thou first created;
Till Nature, as she wrought thee, fell a-doting,
And by addition me of thee defeated,
By adding one thing to my purpose nothing.
　But since she prick'd thee out for women's pleasure,
　Mine be thy love and thy love's use their treasure.

ソネット　21

わたしとミューズとでは詩の書き方が違っている
ミューズは化粧を施した美貌に触発されて詩を書き
天さえ詩句の装飾として用いる
あらゆる美しいものをミューズが持つ美しいものとともに物語る、
太陽と月　大地と海の豊かな宝石
四月に初めて咲いた花々
天がこの巨大な宇宙に包み込むあらゆる貴重なものなど
誇り高い組み合わせを作り出す、
おお！わたしに真実を書かせてほしい　真の愛をもって
そして信じてほしい
わたしの愛するひとはだれよりも美しいと
たとえ天に輝く金の星々ほど明るくはないにしても、
　　噂話が好きなひとたちには噂させておけばいい
　　わたしは売る気がないものを褒め称えようとは思わないのだから。

Sonnet XXI

So is it not with me as with that Muse,
Stirred by a painted beauty to his verse,
Who heaven itself for ornament doth use
And every fair with his fair doth rehearse,
Making a couplement of proud compare
With sun and moon, with earth and sea's rich gems,
With April's first-born flowers, and all things rare,
That heaven's air in this huge rondure hems.
O! let me, true in love, but truly write,
And then believe me, my love is as fair
As any mother's child, though not so bright
As those gold candles fixed in heaven's air:
　Let them say more that like of hearsay well;
　I will not praise that purpose not to sell.

ソネット　22

わたしの鏡はわたしが年老いているとわたしに認めさせることはできないだろう
若さとあなたが同じ年である限りは
だがわたしがあなたの中に時の刻んだ皺を見るとき
わたしは死がわたしに終わりを告げることを理解するだろう、
なぜならあなたを覆っているすべての美しさは
わたしの心を飾るのにふさわしい衣装であり
わたしの心はあなたの胸にあり　あなたの心はわたしの胸にあるからだ
それならどうしてわたしがあなたより年老いていることがありうるだろう？
おお！だから愛するひとよ　わたしのように自分自身をたいせつにしなさい
自分自身のためというよりあなたのために自分自身をたいせつにしているわたしの
　ように
ちょうどやさしい乳母が赤子を見守るように
あなたの心をたいせつに守っていこうとするわたしのように、
　　わたしの心が死んでもあなたの心は生き延びるなどと思わないでほしい
　　あなたはあなたの心をわたしにくれたのだから　返さなくてもいいものとして。

Sonnet XXII

My glass shall not persuade me I am old,
So long as youth and thou are of one date;
But when in thee time's furrows I behold,
Then look I death my days should expiate.
For all that beauty that doth cover thee,
Is but the seemly raiment of my heart,
Which in thy breast doth live, as thine in me:
How can I then be elder than thou art?
O! therefore, love, be of thyself so wary
As I, not for myself, but for thee will;
Bearing thy heart, which I will keep so chary
As tender nurse her babe from faring ill.
　Presume not on thy heart when mine is slain,
　Thou gav'st me thine not to give back again.

ソネット　23

失敗を恐れる余り自分の台詞を忘れてしまう
舞台の上の未熟な役者のように
あるいは精力が溢れすぎて心のコントロールを弱めてしまう
あまりに盛りのついた猛獣のように、
わたしは自分への信頼に不安があるせいで
愛の儀式における完璧な言葉を言い忘れてしまう
そしてわたしの愛の力が重荷となりすぎて
わたしの強い愛によって自分自身が損なわれるように見える、
おお！だからわたしの外見を　わたしの胸の中の言葉の雄弁な語り手であり
かつ無言の予言者のようにしてほしい
その舌が表現したより以上に
愛を懇願し見返りを求めるような、
　おお！沈黙の愛が何を記したのかを読みとることを学びなさい
　目で聴くことは愛の素敵な機知に属するものだ。

Sonnet XXIII

As an unperfect actor on the stage,
Who with his fear is put beside his part,
Or some fierce thing replete with too much rage,
Whose strength's abundance weakens his own heart;
So I, for fear of trust, forget to say
The perfect ceremony of love's rite,
And in mine own love's strength seem to decay,
O'ercharged with burthen of mine own love's might.
O! let my looks be then the eloquence
And dumb presagers of my speaking breast,
Who plead for love, and look for recompense,
More than that tongue that more hath more express'd.
　O! learn to read what silent love hath writ:
　To hear with eyes belongs to love's fine wit.

ソネット　24

わたしの目は画家の役割を果たして
あなたの美しい姿をわたしの心のテーブルに描いた
わたしの身体はあなたの姿が収まるフレームであり
遠近法はすぐれた画家の技法である、
なぜなら画家を通して人はその技法を見てとらなければならないからだ
描かれた真のイメージがどこにあるのかを見出すために
それはあなたの目という窓を持つ
わたしの心の工房にいつも掛けられている、
ほら目と目とがどんなよい効果をあげたのかをご覧
わたしの目はあなたの姿を描き　あなたの目はわたしにとって
わたしの胸への窓であり　日差しがそこを通して
喜んで覗き込みあなたを見つめる、
　　だが目はそれを優美に描く技法を欠いている
　　目はただ見えるものだけを描き　心のことはわからない。

Sonnet XXIV

Mine eye hath play'd the painter and hath stell'd
Thy beauty's form in table of my heart;
My body is the frame wherein 'tis held,
And perspective it is the painter's art.
For through the painter must you see his skill,
To find where your true image pictured lies;
Which in my bosom's shop is hanging still,
That hath his windows glazed with thine eyes.
Now see what good turns eyes for eyes have done:
Mine eyes have drawn thy shape, and thine for me
Are windows to my breast, where-through the sun
Delights to peep, to gaze therein on thee;
　　Yet eyes this cunning want to grace their art;
　　They draw but what they see, know not the heart.

ソネット 25

自分の星に恵まれたひとびとには
社会的名誉と高い地位を誇らせておくがいい
そのような華々しい幸運とは縁のないわたしは
わたしが最も尊重するものに思いがけない喜びを見出している、
偉大な王侯たちのお気に入りの廷臣たちは美しく葉を広げるが
太陽の下のマリゴールドのように
彼らの誇りもまた彼らとともに葬られるのだ
なぜなら栄光のさなかにある彼らさえしかめ面ひとつでそれを失うのだから、
戦闘で名を上げた傷だらけの戦士も
一千回の勝利の後のたった一回の敗北によって
英雄伝から完全に消し去られてしまう
そしてその労苦もすべて忘れ去られてしまう、
　　そうして幸せなのは　愛し愛され
　　別離することも別離されることもないわたしなのだ。

Sonnet XXV

Let those who are in favour with their stars
Of public honour and proud titles boast,
Whilst I, whom fortune of such triumph bars
Unlook'd for joy in that I honour most.
Great princes' favourites their fair leaves spread
But as the marigold at the sun's eye,
And in themselves their pride lies buried,
For at a frown they in their glory die.
The painful warrior famoused for fight,
After a thousand victories once foiled,
Is from the book of honour razed quite,
And all the rest forgot for which he toiled:
　　Then happy I, that love and am beloved,
　　Where I may not remove nor be removed.

ソネット　26

わが愛の主人よ
あなたの美徳はわたしの臣下としての務めを強く結び付けます
わたしはこの文書を　わたしの知性を示すためではなく
わたしの務めを証するためにあなたに送ります、
務めはそれほど重大であり
わたしの知性では言葉も足りないのでその務めを十分に表現することができません
それでも　わたしはあなたの優れた想像力が深い思索によって
不明確なわたしの務めを明らかにして下さることを望んでいます、
わたしの人生を導く星が
吉相をわたしに恵み深く示し
ずたずたになったわたしの愛に衣をかけて
わたしがあなたからやさしく敬われるにふさわしい人間であることを示すまでは、
　その時になればわたしはどんなにあなたを愛しているかを誇示してもよいでしょう
　それまではあなたがきびしくわたしをチェックするところへ頭を出さないように
　しようと思います。

Sonnet XXVI

Lord of my love, to whom in vassalage
Thy merit hath my duty strongly knit,
To thee I send this written embassage,
To witness duty, not to show my wit:
Duty so great, which wit so poor as mine
May make seem bare, in wanting words to show it,
But that I hope some good conceit of thine
In thy soul's thought, all naked, will bestow it:
Till whatsoever star that guides my moving,
Points on me graciously with fair aspect,
And puts apparel on my tottered loving,
To show me worthy of thy sweet respect:
　Then may I dare to boast how I do love thee;
　Till then, not show my head where thou mayst prove me.

ソネット　27

疲れ切ったわたしはベッドに急いで横たわる
それは旅行きで疲れた体にとって貴重な休息だ
だがわたしの頭の中では別の旅が始まる
体の働きが止まった後に心を働かせて、
わたしのいるはるか遠くから
わたしの思いはあなたへの熱心な巡礼の旅をはじめ
眠たくて垂れさがるわたしの瞼を大きく開かせるが
盲人の見るような闇が見えるだけだ、
だがわたしの想像力に富んだ心の目が
あなたの姿をわたしの盲目の視界に映し出し
その姿はおぞましい夜に吊り下がる宝石のように
暗い夜を美しくし　その老いた顔を新しくする、
　　ほら　こんなふうに昼は体が働き夜は心が働くので
　　あなたもわたしも安息など見出すことはない。

Sonnet XXVII

Weary with toil, I haste me to my bed,
The dear repose for limbs with travel tired;
But then begins a journey in my head
To work my mind, when body's work's expired:
For then my thoughts--from far where I abide--
Intend a zealous pilgrimage to thee,
And keep my drooping eyelids open wide,
Looking on darkness which the blind do see:
Save that my soul's imaginary sight
Presents thy shadow to my sightless view,
Which, like a jewel hung in ghastly night,
Makes black night beauteous, and her old face new.
　　Lo! thus, by day my limbs, by night my mind,
　　For thee, and for myself, no quiet find.

ソネット　28

わたしが休息という恩恵を得られないとき
わたしはどうやって幸福な状態に戻ることができるだろう？
昼の重圧が夜になっても和らぐことがなく
昼により夜が　夜によって昼が　重圧をかけ合うのであれば、
昼と夜が　それぞれの統治にとって敵同士であるにもかかわらず
手を組んでわたしに拷問を加えるということだ
一方は労苦によって　他方は不平不満によって
どんなに遠くまでわたしの労苦は続くのだろうか　いつまでもあなたから遠く離れ
　　てしまって、
わたしは昼を喜ばせるために昼に告げる　あなたが明るいということ
そして雲が空を覆っているとき　あなたが昼に恩恵を与えるということを
わたしは　また　黒ずんだ顔色の夜を喜ばせるために
輝く星たちが瞬かないことがあれば　あなたが宵を黄金色に染めるだろうと言う、
　　だが　昼は毎日わたしの悲しみを長引かせ
　　夜は毎夜悲しみの長さをより強く見せるのだ。

Sonnet XXVIII

How can I then return in happy plight,

That am debarred the benefit of rest?

When day's oppression is not eas'd by night,

But day by night and night by day oppressed,

And each, though enemies to either's reign,

Do in consent shake hands to torture me,

The one by toil, the other to complain

How far I toil, still farther off from thee.

I tell the day, to please him thou art bright,

And dost him grace when clouds do blot the heaven:

So flatter I the swart-complexion'd night,

When sparkling stars twire not thou gild'st the even.

　　But day doth daily draw my sorrows longer,

　　And night doth nightly make grief's length seem stronger.

ソネット　29

幸運からも人々からも見放されるとき
わたしはただ自分の見捨てられた状況を嘆き悲しむ
そして無益な叫びによって聞く耳を持たない天を悩ます
そして自分の有様を見て自分の運命を呪う、
より希望に満ちたひとのようでありたいし
いろいろ注目されるひと　あるいは多くの友人にめぐまれたひとのようでありたい
このひとの技術や　あのひとの活動範囲を望む
わたしは　最も楽しめることによってさえ　ほとんど満たされることはない、
そのうえこれらのことを思えばわたし自身が嫌になる
だが　たまたまあなたのことを考えると　わたしの心も
夜明けに暗鬱な地上から舞い立つ雲雀のように
天国の門で讃美歌を歌う、
　　なぜならあなたのやさしい愛を思い起こせばわたしは幸福になるので
　　わたしの状況を王たちと交換することさえ拒むのだ。

Sonnet XXIX

When in disgrace with fortune and men's eyes
I all alone beweep my outcast state,
And trouble deaf heaven with my bootless cries,
And look upon myself, and curse my fate,
Wishing me like to one more rich in hope,
Featured like him, like him with friends possessed,
Desiring this man's art, and that man's scope,
With what I most enjoy contented least;
Yet in these thoughts my self almost despising,
Haply I think on thee, and then my state,
Like to the lark at break of day arising
From sullen earth, sings hymns at heaven's gate;
　For thy sweet love remembered such wealth brings
　That then I scorn to change my state with kings.

ソネット 30

甘美な沈黙の思いに向けて
過去を思い起こす時
わたしは求めてきた多くのものが手に入らなかったことを嘆く
そしてわたしの浪費された貴重な時間を古い悲しみによって新たに嘆き悲しむ、
そうすれば終わりのない死の夜に隠されたたいせつな友人たちのために
滅多に流したこともない涙を目に溢れさせることができるだろう
そして愛が長い時間をかけて帳消しにした悲しみを新たに嘆き
消え失せた多くの悲しい光景という犠牲を悼むことができるだろう、
そうすればわたしは過ぎ去った悲しみを嘆き悲しむことができ
すでに哀悼の意を表された哀悼の悲しい収支を
悲しみごとに重々しく集計することができるだろう
あたかも支払っていないかのように新たに哀悼を支払うというように、
　　だがわが友よ　しばしの間あなたのことを思えば
　　あらゆる損失は補償され悲しみは終わるのだ。

Sonnet XXX

When to the sessions of sweet silent thought
I summon up remembrance of things past,
I sigh the lack of many a thing I sought,
And with old woes new wail my dear time's waste:
Then can I drown an eye, unused to flow,
For precious friends hid in death's dateless night,
And weep afresh love's long since cancelled woe,
And moan the expense of many a vanished sight:
Then can I grieve at grievances foregone,
And heavily from woe to woe tell o'er
The sad account of fore-bemoaned moan,
Which I new pay as if not paid before.
　But if the while I think on thee, dear friend,
　All losses are restor'd and sorrows end.

ソネット　31

会うこともないので亡くなったとわたしが思った多くのひとびとに
あなたの心は愛される
そこでは愛の神キューピッドが支配し　その愛のすべてのしるしや
もはや葬られたとわたしが思ったすべての友人がそこには存在する、
いかに多くの神聖にして哀悼の意を表する涙を
大切にして敬虔な愛はわたしの目から盗み取ったのか？
死者への利息として　今思えば　それらの友人は
ただ　あなたの中に隠れるために立ち去ったように見えるのだが、
あなたは埋葬された愛が住む墓所だ
そこには亡くなったわたしの恋人たちの記念品が飾られている
その恋人たちはかれらが持っていたわたしの愛のしるしをあなたに与えた
多くのひとびとに与えられた愛は今あなただけのものだ、
　　わたしが愛したかれらのイメージをわたしはあなたの中に見る
　　そしてあなたは（かれらもまた）わたしのすべてを所有するのだ。

Sonnet XXXI

Thy bosom is endeared with all hearts,
Which I by lacking have supposed dead;
And there reigns Love, and all Love's loving parts,
And all those friends which I thought buried.
How many a holy and obsequious tear
Hath dear religious love stol'n from mine eye,
As interest of the dead, which now appear
But things removed that hidden in thee lie!
Thou art the grave where buried love doth live,
Hung with the trophies of my lovers gone,
Who all their parts of me to thee did give,
That due of many now is thine alone:
　Their images I loved, I view in thee,
　And thou (all they) hast all the all of me.

ソネット　32

無作法な死がわたしの骨に土をかぶせる日が訪れた後
もしあなたが生き延びて
亡くなったあなたの恋人の貧しくも未熟なこれらの詩行を
たまたま再び読み返すことがあるとしたら、
それらの詩行を後々のすぐれた詩人の詩行と比べてみなさい
わたしの詩行があらゆる詩人によって凌駕されるにしても
より恵まれたひとびとの卓越した筆力によって超越されるわたしの詩のためでなく
わたしの愛のためにそれらを保存しておいてほしい、
おお　つまりわたしのこのような愛の思いだけは残してほしい
「わが友の詩才が時と共に上達したのであったら
その愛はより高貴な成果をもたらし
より装備の整った隊列の中を行進することができただろう、
　　だがかれは亡くなってしまって現今の詩人たちがかれよりすぐれた詩を書いている
　　わたしはそれらの詩をその巧みな表現スタイルに注目して読むが　彼の詩はと言
　　えば　彼のわたしへの愛を感じるために読む。」

Sonnet XXXII

If thou survive my well-contented day,
When that churl Death my bones with dust shall cover
And shalt by fortune once more re-survey
These poor rude lines of thy deceased lover,
Compare them with the bett'ring of the time,
And though they be outstripped by every pen,
Reserve them for my love, not for their rhyme,
Exceeded by the height of happier men.
O! then vouchsafe me but this loving thought:
'Had my friend's Muse grown with this growing age,
A dearer birth than this his love had brought,
To march in ranks of better equipage:
　　But since he died and poets better prove,
　　Theirs for their style I'll read, his for his love'.

41

ソネット　33

輝かしい朝をわたしはどれだけ多く見てきたことだろうか
国王の目で山の峰々を称え
金色の顔で緑の牧草地にキスし
青白い流れを天上の錬金術で輝かせる、
だが　卑しい雲がたちまち醜い雲片で
その高貴な顔を覆い
わびしい世界からその姿を覆い隠すことを許し
恥辱の中をひそかに西へと走り去る、
それでもわたしの太陽はある朝早く
あらゆる勝ち誇った光輝をもってわたしの顔を照らしたのだった
ああ　だがそれもわずか一時間のことだった
今や　上空の雲が　わたしの目から彼を覆い隠してしまった、
　だからと言って　わたしの愛はいささかも彼を軽蔑することはない
　空の太陽が翳る時　この世の太陽たちも翳るかもしれない。

Sonnet XXXIII

Full many a glorious morning have I seen
Flatter the mountain tops with sovereign eye,
Kissing with golden face the meadows green,
Gilding pale streams with heavenly alchemy;
Anon permit the basest clouds to ride
With ugly rack on his celestial face,
And from the forlorn world his visage hide,
Stealing unseen to west with this disgrace:
Even so my sun one early morn did shine,
With all triumphant splendour on my brow;
But out, alack, he was but one hour mine,
The region cloud hath mask'd him from me now.
　Yet him for this my love no whit disdaineth;
　Suns of the world may stain when heaven's sun staineth.

ソネット　34

なぜあなたはその日はきっと晴れるからと言って
わたしをコートも持たずに旅立たせたのでしょうか？
途中で卑しい雲がわたしにまとわりつくようにさせ
あなたの華やかな姿を悪臭のする煙の中に隠してしまった、
あなたが雲間から姿を現したとしても
嵐に打たれたわたしの顔の雨のしずくを乾かすには十分ではない
なぜなら傷は治しても恥辱は癒さない膏薬のことを
ほめたりする者はいないし、
あなたの後悔がわたしの悲しみを癒す薬となることもないからだ
あなたが悔い改めたとしてもなおわたしの失ったものは戻らない
罪を犯した者の悲しみは　重い罪の十字架を背負う者に対して
わずかな救済しか与えない、
　　ああ　だが　あなたの愛がこぼす涙は真珠であり
　　それらは高貴なのであらゆる悪行を償ってくれる。

Sonnet XXXIV

Why didst thou promise such a beauteous day,
And make me travel forth without my cloak,
To let base clouds o'ertake me in my way,
Hiding thy bravery in their rotten smoke?
'Tis not enough that through the cloud thou break,
To dry the rain on my storm-beaten face,
For no man well of such a salve can speak,
That heals the wound, and cures not the disgrace:
Nor can thy shame give physic to my grief;
Though thou repent, yet I have still the loss:
The offender's sorrow lends but weak relief
To him that bears the strong offence's cross.
　　Ah! but those tears are pearl which thy love sheds,
　　And they are rich and ransom all ill deeds.

ソネット　35

あなたがしたことに対してそれ以上嘆き悲しむことはない
バラにはとげがあり　銀の噴水には泥がたまる
雲や満ち欠けは月も太陽も汚す
そしてもっとも甘いつぼみには忌まわしい虫が巣食う、
すべてのひとびとは誤りを犯す　わたしもまたこの詩の中で
あなたの罪科をほかの罪過と比べて正当化し
堕落して　あなたの過ちを糊塗し
あなたの罪を大幅に許してしまうことで　過ちを犯す、
というのは　あなたの官能的な過ちに対してわたしは理性をもってし
あなたに敵対する者があなたの擁護者でもあるというかたちで
わたし自身に対する訴訟が開始されるからだ
わたしのあなたへの愛と憎しみは内戦状態にあるのだ、
　　わたしから非情にも奪い取るあのやさしい泥棒に対して
　　わたしはいつも共犯であることを強いられるというような。

Sonnet XXXV

No more be grieved at that which thou hast done:
Roses have thorns, and silver fountains mud:
Clouds and eclipses stain both moon and sun,
And loathsome canker lives in sweetest bud.
All men make faults, and even I in this,
Authorizing thy trespass with compare,
Myself corrupting, salving thy amiss,
Excusing thy sins more than thy sins are;
For to thy sensual fault I bring in sense,
Thy adverse party is thy advocate,
And 'gainst myself a lawful plea commence:
Such civil war is in my love and hate,
　That I an accessary needs must be,
　To that sweet thief which sourly robs from me.

ソネット　36

わたしたちの分かち難い愛が一つであっても
わたしたち二人は別々の個人であることを認めよう
だからあなたの助けがなければ
わたしの抱える欠点はわたしひとりで背負わなければならない、
たとえわたしたちの人生に別離という悪運があるとしても
わたしたち二人の愛にはただ一つの目的があるだけだ
その悪運は愛の本来の性質を変えることはないにしても
愛の歓びから甘美な時間を奪うことはあるだろう、
わたしの嘆かわしい罪があなたを辱めるといけないから
わたしはもうあなたに挨拶をしてはいけない
あなたがその名声から栄誉を失うことになるなら
あなたは公然とわたしにやさしい態度を示すことはない、
　だがそんなことはしないでほしい
　なぜならあなたはわたしのものであり　あなたのよい評判もわたしのものなので
　わたしはそんなにもあなたを愛しているからだ。

Sonnet XXXVI

Let me confess that we two must be twain,
Although our undivided loves are one:
So shall those blots that do with me remain,
Without thy help, by me be borne alone.
In our two loves there is but one respect,
Though in our lives a separable spite,
Which though it alter not love's sole effect,
Yet doth it steal sweet hours from love's delight.
I may not evermore acknowledge thee,
Lest my bewailed guilt should do thee shame,
Nor thou with public kindness honour me,
Unless thou take that honour from thy name:
　But do not so, I love thee in such sort,
　As thou being mine, mine is thy good report.

ソネット　37

元気のよい子供が若々しい行動をするのを見て
老いた父が喜ぶように
運命の女神の厳しい仕打ちによって足萎えにされたわたしも
あなたの価値と真実から慰めを得る、
美や家柄や富や機知やあるいはそれらのいずれかまたはすべて
あるいはそれ以上のものがあなたには与えられていて
王座に就いているとしても
わたしはわたしの愛をあなたの豊かな資質に付け加える、
そうすればわたしがあなたの豊饒な資質で十分満ち足り
あなたの栄光のほんの一部の中にでもわたしがいることができるほどの
安心感を　この想像が与えてくれる限りは
わたしは足萎えでもなく貧しくもなく侮られてもいないということになる、
　　最良のものがなんであろうと　わたしは最良のものをあなたに願う
　　この願いが満たされるなら　わたしはどんなにか幸せなことだろう。

Sonnet XXXVII

As a decrepit father takes delight
To see his active child do deeds of youth,
So I, made lame by Fortune's dearest spite,
Take all my comfort of thy worth and truth;
For whether beauty, birth, or wealth, or wit,
Or any of these all, or all, or more,
Entitled in thy parts, do crowned sit,
I make my love engrafted to this store:
So then I am not lame, poor, nor despised,
Whilst that this shadow doth such substance give
That I in thy abundance am sufficed,
And by a part of all thy glory live.
　Look what is best, that best I wish in thee:
　This wish I have; then ten times happy me!

ソネット　38

あなたが生きていて　あなたがわたしの詩の中に注ぎ込む
あなた自身というすてきな主題は
粗末な詩文で記述するにはふさわしくないほどすぐれているのだから
わたしの詩が書くべきテーマに事欠くことなどありうるだろうか？
おお！もし　わたしの書くものに読む価値があり
あなたに読まれるに堪えるものがあるとしたら　あなた自身に感謝しなさい
あなた自身が詩作のインスピレーションを与えるとき
だれがあなたに向けて書くことができないなどということがありうるだろうか？
あなたは　詩人たちが依拠する古代の九人の詩神よりも
十倍もすぐれた十人目の詩神でありなさい
そしてあなたを頼りにする者がいれば
永遠に残る詩篇を生み出せるようにしなさい、
　　わたしのささやかな詩がこの好奇心に満ちた時代のひとびとに気に入られるとし
　　　たら
　　苦心するのはわたしでも　称賛されるのはあなただ。

Sonnet XXXVIII

How can my muse want subject to invent,
While thou dost breathe, that pour'st into my verse
Thine own sweet argument, too excellent
For every vulgar paper to rehearse?
O! give thy self the thanks, if aught in me
Worthy perusal stand against thy sight;
For who's so dumb that cannot write to thee,
When thou thy self dost give invention light?
Be thou the tenth Muse, ten times more in worth
Than those old nine which rhymers invocate;
And he that calls on thee, let him bring forth
Eternal numbers to outlive long date.
　If my slight muse do please these curious days,
　The pain be mine, but thine shall be the praise.

ソネット　39

おお　あなたの価値をどのように称えるべきだろうか？
あなたがわたしのよき伴侶であるときに
わたし自身への称賛は何の意味があるだろうか？
あなたへの称賛はわたし自身への称賛以外のものでありうるだろうか？
だからこそわたしたちは離れて暮らそう
わたしたちの大切な愛から一つの愛という名前を取り払おう
別れるのだから　あなた一人が受けるに値し
あなたに属する称賛はあなたに返そう、
おお　あなたがいないということ！　あなたのいない辛い時間が
そんなにもやさしく時と思いを欺く愛の思いによって
その時間を満たすことにやさしい許しを与えられないとしたら
何という拷問だろうかということをあなたは示すだろう、
　　そして離れたところにいるひとを称えることで
　　いかにして一つの愛が二つになるかを　不在のあなたは教えるのだ。

Sonnet XXXIX

O! how thy worth with manners may I sing,
When thou art all the better part of me?
What can mine own praise to mine own self bring?
And what is't but mine own when I praise thee?
Even for this, let us divided live,
And our dear love lose name of single one,
That by this separation I may give
That due to thee which thou deserv'st alone.
O absence! what a torment wouldst thou prove,
Were it not thy sour leisure gave sweet leave,
To entertain the time with thoughts of love,
Which time and thoughts so sweetly doth deceive,
　　And that thou teachest how to make one twain,
　　By praising him here who doth hence remain.

ソネット　40

愛する人よ　あなたはわたしのすべての恋人を奪うがいい
そうすればあなたは以前に持っていたものより多くのものを持つことになるだろう
　　からね？
愛する人よ　あなたは誠の愛と呼びうるものは手に入れていない
あなたがこんなに多くのものを所有する以前からわたしのものはすべてあなたのも
　　のだった、
もしわたしのあなたへの愛ゆえにあなたがわたしの恋人を受け入れたのだとしたら
あなたがわたしの恋人と懇ろになったとしてもわたしはあなたを責めることはできない
だが　あなたが拒むべきものの快楽によって
自らを欺いたのだったら　あなたが悪い、
あなたがわたしの乏しい持ち物を盗んだとしても
優しい泥棒さん　あなたの盗みを許してあげよう
それでも愛は知っている　敵によって傷つけられることより
愛する人の仕打ちに耐えることのほうがより大きな悲しみであることを、
　　あらゆる悪が善を表すような　淫らで優美なあなたよ
　　悪意によってわたしを殺すがいい　それでもわたしたちは敵同士であってはならない。

Sonnet XL

Take all my loves, my love, yea take them all;
What hast thou then more than thou hadst before?
No love, my love, that thou mayst true love call;
All mine was thine, before thou hadst this more.
Then, if for my love, thou my love receivest,
I cannot blame thee, for my love thou usest;
But yet be blam'd, if thou thy self deceivest
By wilful taste of what thyself refusest.
I do forgive thy robbery, gentle thief,
Although thou steal thee all my poverty:
And yet, love knows it is a greater grief
To bear love's wrong, than hate's known injury.
　　Lascivious grace, in whom all ill well shows,
　　Kill me with spites yet we must not be foes.

ソネット　41

時折あなたの心にわたしがいないときに
自由がもたらす愛すべき裏切りは
あなたの美しさやあなたの年ごろによく似合う
なぜならあなたのいるところにはいつも誘惑がつき従っているからだ、
あなたはとても優雅だ　それゆえにあなたは口説き落とされるだろう
あなたはとても美しい　それゆえにあなたは猛烈に誘惑されるだろう
そして女が求愛するとき　男は
首尾よく行くまでは不機嫌に女の許を去ったりするだろうか？
ああ！　それなのにあなたはわたしの許を訪れることを控えるかもしれないし
二重の誓いを破ることを強いるほどの
放埓へと導く
自らの美貌と迷える若さを叱責するかもしれない、
　　彼女のわたしへの誓いは　彼女をあなたへと誘惑するあなたの美貌によって破られ
　　あなたのわたしへの誓いは　わたしにとって不実であるあなたの美貌によって破
　　られる。

Sonnet XLI

Those pretty wrongs that liberty commits,
When I am sometime absent from thy heart,
Thy beauty, and thy years full well befits,
For still temptation follows where thou art.
Gentle thou art, and therefore to be won,
Beauteous thou art, therefore to be assailed;
And when a woman woos, what woman's son
Will sourly leave her till he have prevailed?
Ay me! but yet thou mightst my seat forbear,
And chide thy beauty and thy straying youth,
Who lead thee in their riot even there
Where thou art forced to break a twofold truth:
　Hers by thy beauty tempting her to thee,
　Thine by thy beauty being false to me.

ソネット　42

あなたが彼女を手に入れたことはわたしにとって唯一の悲しみとまでは言えないが
それでもわたしが彼女を真剣に愛していたということは言える
彼女があなたを手に入れたことは悲しみの極みであり
愛を失ったことはもっと痛切なことだ、
愛の罪びとたちよ　わたしはこうしてあなたたちを許そう
あなたはわたしが彼女を愛するがゆえに彼女を愛し
そして彼女は　同様に　わたしのためにあなたを愛し
わたしのためにわたしの友に自らを受け入れさせることで　わたしを欺く、
わたしがあなたを失ったとすれば　わたしの損失はわたしの恋人の利得となるだろう
わたしが彼女を失うことで　わたしの友はその失われたものを見出した
二人は互いを見出し　わたしは二人とも失う
そして二人はわたしのためにわたしに苦しみを与える、
　　だがここには喜びもあるのだ　わたしの友とわたしは一体だ
　　甘い追従！　そして彼女はただわたしだけを愛する。

Sonnet XLII

That thou hast her it is not all my grief,
And yet it may be said I loved her dearly;
That she hath thee is of my wailing chief,
A loss in love that touches me more nearly.
Loving offenders thus I will excuse ye:
Thou dost love her, because thou know'st I love her;
And for my sake even so doth she abuse me,
Suffering my friend for my sake to approve her.
If I lose thee, my loss is my love's gain,
And losing her, my friend hath found that loss;
Both find each other, and I lose both twain,
And both for my sake lay on me this cross:
　　But here's the joy; my friend and I are one;
　　Sweet flattery! then she loves but me alone.

ソネット 43

わたしが眠っているときわたしの目は最もよく見える
なぜなら昼間はずっとさほど注目されない物ばかりを見るからだ
だがわたしが眠るとき夢の中でそれらはあなたを見る
そして闇の中で輝き闇を明るく照らす、
そしてあなたの影は周りの影たちを明るく照らす
あなたの影は眠れる目の中でかくも明るく輝くが
あなたの実体は　晴れた昼に　それにもまして明るいあなたの光によって
どんなにか幸福な様子を示すだろう、
深夜にあなたの美しく不完全な影は
深い眠りの中で眠れる目にとどまるが
日の光の中であなたを見ることによって
わたしの目はまあどんなにか祝福されるだろう、
　わたしがあなたを見るまではあらゆる昼は夜のように見え
　そして夢があなたをわたしに示すとき夜は明るい昼のように見える。

Sonnet XLIII

When most I wink, then do mine eyes best see,
For all the day they view things unrespected;
But when I sleep, in dreams they look on thee,
And darkly bright, are bright in dark directed.
Then thou, whose shadow shadows doth make bright,
How would thy shadow's form form happy show
To the clear day with thy much clearer light,
When to unseeing eyes thy shade shines so!
How would, I say, mine eyes be blessed made
By looking on thee in the living day,
When in dead night thy fair imperfect shade
Through heavy sleep on sightless eyes doth stay!
　All days are nights to see till I see thee,
　And nights bright days when dreams do show thee me.

ソネット　44

もしわたしの体が思考でできていたなら
傷つくような長距離もわたしの旅を妨げることはないだろう
それだったら　このはるか離れた場所からあなたのいるところまで
いくら遠くてもわたしは行くことができるだろうし、
わたしの足があなたのいるところから
最も離れた場所にいたとしても問題ないだろう
なぜなら敏捷な思考はそれが行きたいと思ったところへ
海を跳び越え山を跳び越えてたちまち到着することができるからだ、
だが　ああ！わたしは　はるか遠くに行ってしまったあなたのもとへ
跳んでいける思考ではないのだと思うとその思考はわたしを苛む
実際わたしは土と水とでできているので
わたしは時の気まぐれに従って苦しむしかない、
　　そんなに鈍臭い要素からわたしはなにも受け取ることはなく
　　ただわたしたちふたりの悲しみの印である涙がこぼれるだけだ。

Sonnet XLIV

If the dull substance of my flesh were thought,
Injurious distance should not stop my way;
For then despite of space I would be brought,
From limits far remote, where thou dost stay.
No matter then although my foot did stand
Upon the farthest earth removed from thee;
For nimble thought can jump both sea and land
As soon as think the place where he would be.
But ah! thought kills me that I am not thought,
To leap large lengths of miles when thou art gone,
But that, so much of earth and water wrought,
I must attend time's leisure with my moan,
　　Receiving nought by elements so slow
　　But heavy tears, badges of either's woe.

ソネット　45

ほかの二つ　つまり軽い空気と浄める火は
わたしがどこにいようと　あなたとともにある
第一はわたしの思考　第二はわたしの欲望だ
これらは迅速な動きによって行ったり来たりする、
なぜなら　よりすばやいこれらの要素が
わたしの愛のあなたへの軽やかな使者として行ってしまうと
四つの要素でできているわたしの命は　二つの要素だけになり
メランコリーに押しつぶされて死にそうになる、
それらの敏捷な使いがあなたの許を去って
今にもわたしの許に戻り
あなたがすこぶる健やかだったという報告をするのを聞いて
わたしの命の構成要素が回復するその時までは、
　　これを聞くとわたしは嬉しくなる　だがたちまちその喜びは失せてしまう
　　わたしはかれらをまた使いに出すので　すぐさま悲しくなるからだ。

Sonnet XLV

The other two, slight air and purging fire,
Are both with thee, wherever I abide;
The first my thought, the other my desire,
These present-absent with swift motion slide.
For when these quicker elements are gone
In tender embassy of love to thee,
My life, being made of four, with two alone
Sinks down to death, oppressed with melancholy;
Until life's composition be recured
By those swift messengers return'd from thee,
Who even but now come back again, assured
Of thy fair health, recounting it to me:
　This told, I joy; but then no longer glad,
　I send them back again and straight grow sad.

ソネット 46

わたしの目と心はあなたを見るという戦利品を
いかに分けるかの死闘を繰り広げる
わたしの目は　わたしの心があなたの姿を見ることを妨げようとするだろう
わたしの心は　わたしの目が自由にあなたを見る権利に異議を申し立てるだろう、
わたしの心は　あなたがわたしの心に存在し
小部屋が水晶のような目で見通されることはなかったと主張する
けれども被告である目は　その主張を否認し
あなたの美しい容姿が被告である目の中に存在すると言う、
この権利の帰属を決定するために
すべて心の側の臣下が陪審員として選ばれる
そして澄み切った目の分け前と優しい心の分け前が
彼らの評決によって決定される、
　　つまり　わたしの目の取り分はあなたの外面であり
　　わたしの心の取り分はあなたの心の内面の愛であると。

Sonnet XLVI

Mine eye and heart are at a mortal war,
How to divide the conquest of thy sight;
Mine eye my heart thy picture's sight would bar,
My heart mine eye the freedom of that right.
My heart doth plead that thou in him dost lie,
A closet never pierced with crystal eyes,
But the defendant doth that plea deny,
And says in him thy fair appearance lies.
To 'cide this title is impannelled
A quest of thoughts, all tenants to the heart;
And by their verdict is determined
The clear eye's moiety, and the dear heart's part:
　　As thus: mine eye's due is thine outward part,
　　And my heart's right, thine inward love of heart.

ソネット　47

わたしの目と心は仲良くやっている

今どちらも相手に対して親切にしている

わたしの目があなたを見たくてたまらないとき

あるいは恋する心がため息で息が詰まりそうなとき、

わたしの目は　わたしの恋人の肖像を見ることで大いに満たされ

わたしの心を絵に描かれた祝宴へと招待する

またあるときは　わたしの目はわたしの心のお客であり

わたしの心の愛の思いの分け前をもらう、

たとえあなたが離れていても　あなたの肖像あるいはわたしの心にあるあなたへの
　愛のおかげで

あなたはいつもわたしとともにある

なぜならあなたはわたしの思いが到達できるところより遠くには行かないから

わたしはいつもそれらの思いとともにあり　それらの思いはあなたとともにあるか
　らだ、

　もしそれらの思いが眠っていても　わたしの目の中のあなたの肖像が

わたしの心を目覚めさせ　心と目の双方を喜ばせるのだ。

Sonnet XLVII

Betwixt mine eye and heart a league is took,

And each doth good turns now unto the other:

When that mine eye is famish'd for a look,

Or heart in love with sighs himself doth smother,

With my love's picture then my eye doth feast,

And to the painted banquet bids my heart;

Another time mine eye is my heart's guest,

And in his thoughts of love doth share a part:

So, either by thy picture or my love,

Thy self away, art present still with me;

For thou not farther than my thoughts canst move,

And I am still with them, and they with thee;

　Or, if they sleep, thy picture in my sight

　Awakes my heart, to heart's and eyes' delight.

ソネット　48

旅に出かける時　わたしはどんなものでも注意深く
これ以上ないぐらい安全な場所にしまっておいた
わたしが使うまではだれにも使われることがないように
怪しげな者の手にかからないように信頼できる場所に、
あなたにとってわたしの宝石さえつまらないものであるだろうが
わたしにとってあなたは最高の歓びの源泉であるとともに今や大きな心配の種でも
　　ある
これ以上ない大切なひとでありわたしの唯一の気がかりであるあなたは
獰猛な泥棒どもの餌食として狙われている、
わたしはあなたを宝石箱に閉じ込めてはおかなかった
ただ　わたしがあなたがいると感じながらも実際にはあなたがそこにいない場所
つまりわたしの優しい胸の中を除いては
わたしの胸の中にはあなたは好きな時にいつでも来たり去ったりできる、
　　だがわたしの胸の中からさえあなたは奪われてしまうかもしれないとわたしは恐れる
　　なぜなら誠実な人さえそれほど大きな報奨の前では泥棒になってしまうからだ。

Sonnet XLVIII

How careful was I when I took my way,
Each trifle under truest bars to thrust,
That to my use it might unused stay
From hands of falsehood, in sure wards of trust!
But thou, to whom my jewels trifles are,
Most worthy comfort, now my greatest grief,
Thou best of dearest, and mine only care,
Art left the prey of every vulgar thief.
Thee have I not locked up in any chest,
Save where thou art not, though I feel thou art,
Within the gentle closure of my breast,
From whence at pleasure thou mayst come and part;
　　And even thence thou wilt be stol'n I fear,
　　For truth proves thievish for a prize so dear.

ソネット　49

もしあなたがわたしの欠点に顔をしかめるような時が来るのだとしたら
そしてあなたの愛の総決算が
熟慮の上の監査を受ける時が来るのだとしたら
そのような時のために備えて、
あるいはあなたが奇妙な感じでわたしとすれ違い
あの太陽のようなあなたの目がわたしにあいさつすることさえないような時が
そして以前とは違ってしまった愛が
落ち着いた威厳を示す理由を見出す時が来るのだとしたらそのような時のために備
　えて、
そのような時のために備えてわたしは
自分の価値の乏しさを認識して　ここに身を潜め
あなたの側の正当な主張を弁護するために
このわたしの手を挙げる、
　　あわれなわたしを見捨てる法の力を　あなたは持っている
　　なぜならわたしはなぜ愛するのかの理由を申し立てることができないからだ。

Sonnet XLIX

Against that time, if ever that time come,
When I shall see thee frown on my defects,
When as thy love hath cast his utmost sum,
Called to that audit by advis'd respects;
Against that time when thou shalt strangely pass,
And scarcely greet me with that sun, thine eye,
When love, converted from the thing it was,
Shall reasons find of settled gravity;
Against that time do I ensconce me here,
Within the knowledge of mine own desert,
And this my hand, against my self uprear,
To guard the lawful reasons on thy part:
　　To leave poor me thou hast the strength of laws,
　　Since why to love I can allege no cause.

ソネット　50

わたしの旅はなんと気が滅入るものだろう
わたしが求めるもの　つまり　くたびれた旅の終わり
それがその慰安と休息に対してこう言うように教えるから
「あなたの友達からなんとまあ遠くまで来てしまったのだろうか！」と、
わたしを運ぶ馬はわたしの悲しみをまとって
わたしの重みに耐えながらのろのろと進む
その乗り手があなたから離れて行く速さを望んでいないということを
こいつはなにか本能のようなものでわかっているかのように、
血まみれの拍車もそいつをけしかけることはできない
そいつの脇腹に拍車をかけるよりもわたしにとってもっと痛ましいうめき声で
そいつが応えるわたしの怒りが
時折そいつの腹の皮に突き刺さることがあっても、
　　まさにそのうめき声がわたしに思い知らせる
　　わたしの悲しみは前進しわたしの喜びは後退するということを。

Sonnet L

How heavy do I journey on the way,
When what I seek, my weary travel's end,
Doth teach that ease and that repose to say,
'Thus far the miles are measured from thy friend!'
The beast that bears me, tired with my woe,
Plods dully on, to bear that weight in me,
As if by some instinct the wretch did know
His rider lov'd not speed being made from thee.
The bloody spur cannot provoke him on,
That sometimes anger thrusts into his hide,
Which heavily he answers with a groan,
More sharp to me than spurring to his side;
　For that same groan doth put this in my mind,
　My grief lies onward, and my joy behind.

ソネット　51

わたしがあなたから離れて急いでいるときに　わたしのどんくさい運び手が
こんなに遅く進もうとするのをわたしの愛は許すことができる
あなたがいるところから離れていくのに　なぜわたしは急がなければならないのだ
　　ろう？
わたしが戻る時まで　郵便馬は要らない、
おお　わたしの哀れな馬はどんな言い訳を見出すだろうか
超高速でさえ遅く見えるときに？
風の中でもわたしは拍車をかけるべきだろう
翼で飛ぶような速さであっても　わたしには止まっているようにしか見えないだろう、
だからどんな馬だってわたしが望むようなペースで進むことはできないだろう
それゆえ願望（完璧な愛によって作られた）が
どんくさい体を持った馬とは違ってその激しいレースの中でいななくのだ
それでも愛は　愛ゆえに　このようにこのおいぼれ馬を許すのだ、
　　あなたから離れてきたときから馬はわざとおそく進んできた
　　あなたのもとへとわたしは急いで戻るだろう　そして馬には暇を出そう。

Sonnet LI

Thus can my love excuse the slow offence

Of my dull bearer when from thee I speed:

From where thou art why should I haste me thence?

Till I return, of posting is no need.

O! what excuse will my poor beast then find,

When swift extremity can seem but slow?

Then should I spur, though mounted on the wind,

In winged speed no motion shall I know,

Then can no horse with my desire keep pace.

Therefore desire, (of perfect'st love being made)

Shall neigh, no dull flesh, in his fiery race;

But love, for love, thus shall excuse my jade-

　　Since from thee going, he went wilful-slow,

　　Towards thee I'll run, and give him leave to go.

ソネット 52

わたしもそうだが　金持ちの幸福の鍵は彼を
大切にしまってある財宝へと導くことができる
稀にしか訪れない快楽の尖った先端がなまくらになることを恐れるから
常時財宝を見ることはしないだろう、
それゆえに祝祭はかくも荘厳でかくも稀有なのだ
なぜなら祝祭は　高価な宝石のようにまばらに配置され
あるいは首飾りの中のメインの宝石のように
長い年月においても滅多に訪れることがないからだ、
時もまた　わたしの宝石箱のように
あるいは衣装を隠しておく衣裳部屋のように　あなたをしまっておく
しまっておいた自慢の品が新たに披露されることによって
ある特別な瞬間を特別に祝祭の時とするために、
　欲望が満たされたときは勝利へ　満たされないときは希望へと通じる
　あなたの価値　あなたは幸いである。

Sonnet LII

So am I as the rich, whose blessed key,
Can bring him to his sweet up-locked treasure,
The which he will not every hour survey,
For blunting the fine point of seldom pleasure.
Therefore are feasts so solemn and so rare,
Since, seldom coming in the long year set,
Like stones of worth they thinly placed are,
Or captain jewels in the carcanet.
So is the time that keeps you as my chest,
Or as the wardrobe which the robe doth hide,
To make some special instant special-blest,
By new unfolding his imprisoned pride.
　Blessed are you whose worthiness gives scope,
　Being had, to triumph, being lacked, to hope.

ソネット　53

あなたがそれから作られている実質とはなんだろう？
幾多の見知らぬ影があなたに付き従っているのだが
だれもがみなひとつの影を持つ
だが　あなただけはすべての影を生み出すことができる、
アドニスを表現するとすれば　その模写は
ほとんどあなたに似てはいないだろう
あらゆる美の技法を駆使してヘレナの頬を描こうとしても
ギリシア風の服装のあなたが新たに描かれる結果となるだろう、
春について述べよう　そうしてその年の豊作についても
春はあなたの美しさの影を示し
その年の豊作はあなたの豊饒さとして現れる
そしてあなたは人も知るあらゆる美しい姿として現れる、
　　あなたはあらゆる外面の優美さを分かち持つ
　　だが変わらぬ心といえば　あなたはだれとも異なり　だれもあなたのようではな
　　いのだ。

Sonnet LIII

What is your substance, whereof are you made,
That millions of strange shadows on you tend?
Since every one hath, every one, one shade,
And you but one, can every shadow lend.
Describe Adonis, and the counterfeit
Is poorly imitated after you;
On Helen's cheek all art of beauty set,
And you in Grecian tires are painted new:
Speak of the spring, and foison of the year,
The one doth shadow of your beauty show,
The other as your bounty doth appear;
And you in every blessed shape we know.
　　In all external grace you have some part,
　　But you like none, none you, for constant heart.

ソネット 54

おお！美は　真実が与えるその美しい飾りによって
どんなにかさらに美しく見えるものだろうか
バラは美しいがわれわれはそれ以上に美しいと思っている
その中に宿る甘い香りのために、
夏の息吹きが覆われていたバラのつぼみをあらわにするとき
野バラの花が
バラの花の香り豊かな色合いのように　濃く色づき
とげのある幹の上で　風と戯れる、
だが　見た目だけがそれらの美徳なので
それらは求愛されることもなく生き　敬われることもなくしおれ
孤独に滅びる　だが　美しいバラはそんなことはない
最も甘い香りは甘美な死から作られる、
　そして美しく愛らしい若さを持ったあなたよ　あなたも同様に
　その若さが失われるとき　わたしの詩はあなたの真実を蒸留する。

Sonnet LIV

O! how much more doth beauty beauteous seem
By that sweet ornament which truth doth give.
The rose looks fair, but fairer we it deem
For that sweet odour, which doth in it live.
The canker blooms have full as deep a dye
As the perfumed tincture of the roses,
Hang on such thorns, and play as wantonly
When summer's breath their masked buds discloses:
But, for their virtue only is their show,
They live unwoo'd, and unrespected fade;
Die to themselves. Sweet roses do not so;
Of their sweet deaths are sweetest odours made:
　And so of you, beauteous and lovely youth,
　When that shall vade, my verse distills your truth.

ソネット　55

王族たちの大理石のあるいは黄金の記念碑も
この力強い韻律より長く保存されることはないだろう
この詩の中で　あなたは　ずぼらな時の経過によってつけられた
汚れをぬぐい去られることのない石よりも　まぶしく輝くだろう、
すべてを荒廃させる戦争が彫像をひっくり返し
騒動が石工の作品を根こそぎにするときでも
軍神の剣あるいは戦火が
あなたの生涯の記録を燃やすことはないだろう、
死に向かって　そしてあらゆる忘却という敵意に向かって
あなたは進むだろう　この世を疲弊させ終末へと向かわせる
後世の人々の間でも
あなたへの称賛は存在し続けるだろう、
　　だから　あなたに最後の審判が下されるまでは
　　あなたはこの詩の中に生き続け　恋人たちの目の中に住まうのだ。

Sonnet LV

Not marble, nor the gilded monuments
Of princes, shall outlive this powerful rhyme;
But you shall shine more bright in these contents
Than unswept stone, besmear'd with sluttish time.
When wasteful war shall statues overturn,
And broils root out the work of masonry,
Nor Mars his sword, nor war's quick fire shall burn
The living record of your memory.
'Gainst death, and all oblivious enmity
Shall you pace forth; your praise shall still find room
Even in the eyes of all posterity
That wear this world out to the ending doom.
　　So, till the judgment that yourself arise,
　　You live in this, and dwell in lovers' eyes.

ソネット　56

愛しい人よ　あなたの愛の力を新しく保とう
あなたの愛の切れ味が食欲より鈍ることのないように
食欲は今日食事をすることで収まるが
明日は元のように旺盛になる、
愛もそしてあなたについても　たとえ満腹があなたの目を閉じさせる
までであるにせよ　今日あなたが空腹な目つきを満たしたとしても
明日はまた目が覚め　そして愛の精神を　持続するけだるさによって
台無しにすることはしない、
この悲しい離別は大洋のようだろう
大洋は岸辺を分かち　新しく結びついたカップルが
日々それぞれの岸辺にやってくるが　相手が見えれば
その眺めは最も幸福なものとなるだろう、
　あるいはそれはまた心配の耐えない冬のようだろう
　それにより夏の到来が一層待ち遠しく貴重なものとなるからだ。

Sonnet LVI

Sweet love, renew thy force; be it not said
Thy edge should blunter be than appetite,
Which but to-day by feeding is allayed,
To-morrow sharpened in his former might:
So, love, be thou, although to-day thou fill
Thy hungry eyes, even till they wink with fulness,
To-morrow see again, and do not kill
The spirit of love, with a perpetual dulness.
Let this sad interim like the ocean be
Which parts the shore, where two contracted new
Come daily to the banks, that when they see
Return of love, more blest may be the view;
　　As call it winter, which being full of care,
　　Makes summer's welcome, thrice more wished, more rare.

ソネット　57

わたしはあなたの奴隷なのだから　待つしかないだろう
あなたがその気になるまで
わたしには過ごすべき大切な時間など一切ないし
あなたが望むまでは仕えるべきこともない、
ご主人様　あなたがお呼びになるまで時計を見守ることはあっても
終わりがないと言ってこの世を責めることはしないし
あなたがひとたび召使いに別れを告げた以上
あなたがいない辛さを思うこともない、
あなたがどこにいるかを嫉妬心から問いかけることも
あなたが何をしているかを推測することもなく
ただ哀れな奴隷のようにわたしはここにいるだけでなにも考えることもない
あなたがいるところではあなたは人々を幸せにしているだろうと思う以外は、
　愛は本当に道化者だから　あなたがどんなことを望んでも
　なにをしても悪いとは思えない。

Sonnet LVII

Being your slave what should I do but tend
Upon the hours, and times of your desire?
I have no precious time at all to spend;
Nor services to do, till you require.
Nor dare I chide the world without end hour,
Whilst I, my sovereign, watch the clock for you,
Nor think the bitterness of absence sour,
When you have bid your servant once adieu;
Nor dare I question with my jealous thought
Where you may be, or your affairs suppose,
But, like a sad slave, stay and think of nought
Save, where you are, how happy you make those.
　So true a fool is love, that in your will,
　Though you do anything, he thinks no ill.

ソネット　58

はじめにわたしをあなたの奴隷にした神なのだから
わたしがあなたが遊興に耽ることを制限しようと思ったり
あるいはあなたがどんな風に過ごしているかを手紙で知らせてくれるよう願ったり
　　することを禁じて下さればよいものを
わたしはあなたの奴隷としてあなたがお召しになるのを待つしかないのです、
おお　あなたが自由になさる間　あなたの意の下にあるわたしが
あなたの不在に耐えられるようにしてください
そしてわたしを傷つける仕打ちにもあなたを責めることなく
辛抱強く苦痛に慣れそれぞれの試練に耐えさせてください、
あなたがどこにいてもあなたの特権は非常に強いので
あなたは思い通りに
時間を使うことができるし
自ら犯した罪も自分で許すことができます、
　　待つことがどんなにつらくてもわたしはあなたを待ちます
　　あなたのお遊びが良くても悪くてもあなたを責めることはせずに。

Sonnet LVIII

That god forbid, that made me first your slave,
I should in thought control your times of pleasure,
Or at your hand the account of hours to crave,
Being your vassal, bound to stay your leisure!
O! let me suffer, being at your beck,
The imprison'd absence of your liberty;
And patience, tame to sufferance, bide each check,
Without accusing you of injury.
Be where you list, your charter is so strong
That you yourself may privilege your time
To what you will; to you it doth belong
Yourself to pardon of self-doing crime.
　I am to wait, though waiting so be hell,
　Not blame your pleasure be it ill or well.

ソネット　59

もし新しいものなどなにもなくすべてがすでにあったものだけだとしたら
四苦八苦して創作物を生み出す際に
前の子供に次ぐ二番目の子供を流産してしまう我々の頭脳は
どのように欺かれるのだろうか、
おお　少なくとも六百年前にさかのぼる歴史記録が
なにかの古い書物において
あなたのイメージを示してほしいものだ
最初　歴史は文字で書かれたのだから、
そうすれば　古代の人々があなたの素晴らしい容姿をどのように表現するか
われわれが昔の人々より美しくなっているのか　それとも彼らの方が美しかったのか
それとも時代が変わっても同じなのか
わたしは知ることができるだろう、
　　とは言え　わたしの昔の時代の発想が
　　あなたより劣ったものに称賛を与えてきてしまったことは確かなことだ。

Sonnet LIX

If there be nothing new, but that which is
Hath been before, how are our brains beguil'd,
Which labouring for invention bear amiss
The second burthen of a former child.
Oh that record could with a backward look,
Even of five hundred courses of the sun,
Show me your image in some antique book,
Since mind at first in character was done,
That I might see what the old world could say
To this composed wonder of your frame;
Whether we are mended, or where better they,
Or whether revolution be the same.
　Oh sure I am the wits of former days,
　To subjects worse have given admiring praise.

ソネット　60

波が小石でおおわれた海岸に打ち寄せるように
われわれの時間もまたその終わりへと急ぐ
それぞれの波は入れ替わり
引き続く労苦とともにすべての波は争いへ向けて進んでいく、
かつて光の大海原の中で生まれたものは
這い這いしながら成熟を与えられるところへ行きつく
悪意あるエクリプスは若さや成熟の栄光を攻撃する
そして今　時は与えた贈り物をめちゃめちゃにしてしまう、
時は　若さの持つ栄華を刺し貫き
そして美の額に皺を刻み
自然の真実の稀有なものを食い物にする
なにものもあり続けることはない　あの大きな草刈り鎌以外には、
　願わくば　あなたの価値を称賛するわたしの詩が
　時の残酷な手にも拘らず　将来にわたって希望として生き続けることを。

Sonnet LX

Like as the waves make towards the pebbled shore,
So do our minutes hasten to their end;
Each changing place with that which goes before,
In sequent toil all forwards do contend.
Nativity, once in the main of light,
Crawls to maturity, wherewith being crown'd,
Crooked eclipses 'gainst his glory fight,
And Time that gave doth now his gift confound.
Time doth transfix the flourish set on youth
And delves the parallels in beauty's brow,
Feeds on the rarities of nature's truth,
And nothing stands but for his scythe to mow:
　And yet to times in hope, my verse shall stand
　Praising thy worth, despite his cruel hand.

ソネット 61

あなたはあなたの姿によってわたしの重たい瞼を
疲れた夜にも開いたままにしておきたいのですか？
あなたはあなたに似た影がわたしの目を欺く間
わたしの眠りを妨げようと望んでいるのですか？
わたしの行動をつぶさにチェックして
わたしの中の恥辱や怠惰な時間を見出させようとして
あなたがはるか遠くから派遣したのはあなたの心ですか
あるいはあなたの嫉妬のなせる業でしょうか？
いや　そうではありません！あなたの愛はいっぱいだとしても偉大ではありません
わたしの目を覚まさせておき
あなたのために常に夜警の役割を果たすのは　わたしの愛なのです
わたしの休息を妨げるのは　わたし自身の真実の愛なのです、
　　わたしはあなたのために寝ずの番をしています　わたしから遠く離れたどこかで
　　あなたがほかのひとたちと親密に夜を過ごしている間も。

Sonnet LXI

Is it thy will, thy image should keep open
My heavy eyelids to the weary night?
Dost thou desire my slumbers should be broken,
While shadows like to thee do mock my sight?
Is it thy spirit that thou send'st from thee
So far from home into my deeds to pry,
To find out shames and idle hours in me,
The scope and tenor of thy jealousy?
O, no! thy love, though much, is not so great:
It is my love that keeps mine eye awake:
Mine own true love that doth my rest defeat,
To play the watchman ever for thy sake:
　For thee watch I, whilst thou dost wake elsewhere,
　From me far off, with others all too near.

ソネット　62

自己愛の罪は　わたしの眼も
心もすべてを虜にする
そしてこの罪には治療法がない
それはわたしの心の奥深くに根付いているからだ、
わたしは思う　わたしの顔ほど優美な顔はないし
わたしほど完璧な姿かたちはなくそれほど完璧なものはありえないと
そしてあらゆる価値において自分はほかのひとを上回っていると
わたしは自分の価値を自ら定義する、
だが鏡がわたしのありのままの姿を映すとき
なめし皮のように老いた自分の姿にわたしは打ちのめされる
思っていたとはおよそ正反対のわたしの自己愛に気づく
そんなにも自己愛に耽る自分は罪深かったのだ、
　　あなたの若い美しさを老いたわたしの顔に塗って
　　わたしがわたし自身のために称賛するのはあなたでありかつわたし自身であるのだ。

Sonnet LXII

Sin of self-love possesseth all mine eye
And all my soul, and all my every part;
And for this sin there is no remedy,
It is so grounded inward in my heart.
Methinks no face so gracious is as mine,
No shape so true, no truth of such account;
And for myself mine own worth do define,
As I all other in all worths surmount.
But when my glass shows me myself indeed
Beated and chopp'd with tanned antiquity,
Mine own self-love quite contrary I read;
Self so self-loving were iniquity.
　'Tis thee, myself, that for myself I praise,
　Painting my age with beauty of thy days.

ソネット　63

傷つける時の手によって今わたしが押し潰され疲れ切ってしまっているように
わたしの恋人がそうなる時のために
寄る年波が彼の血を抜き取り彼の額に
皺を刻み　彼の若い朝が
老いの険しい夜へと旅をし、
そして今彼が支配しているあらゆる美しさが
消え失せ　視界から見えなくなり
彼の青春の宝物が奪い取られる時のために、
そのような時のためにわたしは今
破滅へと導く老いの残忍なナイフに対して備えておく
それがわたしの愛しい恋人の美しさを記憶から切り捨てることはないように
もしわたしの恋人の命を切り捨てることはあったとしても、
　　彼の美しさはこの黒いインクで書かれた詩行によって見ることができるだろう
　　この詩行は生き続け　この詩行の中で彼はいつまでも若々しくあるだろう。

Sonnet LXIII

Against my love shall be as I am now,
With Time's injurious hand crushed and o'erworn;
When hours have drained his blood and filled his brow
With lines and wrinkles; when his youthful morn
Hath travelled on to age's steepy night;
And all those beauties whereof now he's king
Are vanishing, or vanished out of sight,
Stealing away the treasure of his spring;
For such a time do I now fortify
Against confounding age's cruel knife,
That he shall never cut from memory
My sweet love's beauty, though my lover's life:
　His beauty shall in these black lines be seen,
　And they shall live, and he in them still green.

ソネット　64

わたしは　時の残酷な手が　埋もれた古い時代の富と誇りを
破壊してしまうのを見てきたので
時折高い塔が崩れ落ちるのを
そして永遠の真鍮も滅亡の猛威の奴隷であることを　わたしは目の当たりにするので、
わたしは　飢えた大洋が
岸辺の王国に対して優位であったり
堅固な土地が大海原に勝利したり
失っては獲得し　獲得しては失うのを見て来たので、
わたしは　そのような状況の入れ替わりや
状況自体が滅びに至るのを見てきたので
滅亡はわたしにこんな風に考えることを教えた
すなわち時はやって来てわたしの恋人を連れ去ってしまうだろうと、
　　この考えは　死に似ている
　　失うことを恐れるものを持てば　泣き悲しむしかないのだから。

Sonnet LXIV

When I have seen by Time's fell hand defaced
The rich proud cost of outworn buried age;
When sometime lofty towers I see down-razed,
And brass eternal slave to mortal rage;
When I have seen the hungry ocean gain
Advantage on the kingdom of the shore,
And the firm soil win of the watery main,
Increasing store with loss, and loss with store;
When I have seen such interchange of state,
Or state itself confounded to decay;
Ruin hath taught me thus to ruminate
That Time will come and take my love away.
　This thought is as a death which cannot choose
　But weep to have that which it fears to lose.

ソネット　65

真鍮も　石も　陸地も　涯無き海も

悲しい死の定めには勝てないのに

美はこの猛威とどのように争うのだろうか？

その訴えはひとひらの花より強いものではないのに、

おお　夏の蜂蜜のような香りは

城壁を打ち壊す機械による破壊的な包囲攻撃に対して持ちこたえられるだろうか？

堅固な岩石もそれほど頑強ではなく

あるいは鉄の扉もそれほど強固ではないのだから　時が朽ち果てさせてしまうだろ
　うから、

おお　恐ろしい思索よ！ああ

時の最高の宝石を時の柩からどこかに隠すことができるのだろうか？

あるいはいかなる強い手が時の俊足を押さえ込めるだろうか？

あるいはだれが時が美を損なうのを禁じうるだろうか？

　　何者もできないだろう

　　この黒いインクの中でわたしの愛する人がいつまでも明るく輝くという奇跡が有
　　　効でない限り。

Sonnet LXV

Since brass, nor stone, nor earth, nor boundless sea,

But sad mortality o'er-sways their power,

How with this rage shall beauty hold a plea,

Whose action is no stronger than a flower?

O, how shall summer's honey breath hold out

Against the wreckful siege of battering days,

When rocks impregnable are not so stout,

Nor gates of steel so strong, but Time decays?

O fearful meditation! where, alack,

Shall Time's best jewel from Time's chest lie hid?

Or what strong hand can hold his swift foot back?

Or who his spoil of beauty can forbid?

　O, none, unless this miracle have might,

　That in black ink my love may still shine bright.

ソネット　66

こんなことばかりでもううんざりだ　わたしは死の休息をこい願う
たとえば　価値ある人が乞食として生きるのを見たり
なんの取柄もない者が分不相応に着飾っている
純粋極まりない忠誠心も不幸にして裏切られ、
輝かしい栄誉は情けないことに場違いの者に与えられる
純潔の処女が無礼にも娼婦として貶められ
正しく完璧な人が不当に辱められる
力強さも捻じ曲げられることにより力を発揮することができなくなる、
学術は権威によって表現の自由を奪われ
愚かで医者紛いの者が技術を支配する
簡明な真理が単純さという誤った呼称を与えられ
善良な捕虜は悪徳の高官に仕える、
　こんなことばかりでもううんざりだ　わたしはそれらにお別れしよう
　ただわたしが死ねばわたしの愛する人をひとりにしてしまうのが気がかりだが。

Sonnet LXVI

Tired with all these, for restful death I cry,
As to behold desert a beggar born,
And needy nothing trimm'd in jollity,
And purest faith unhappily forsworn,
And gilded honour shamefully misplaced,
And maiden virtue rudely strumpeted,
And right perfection wrongfully disgraced,
And strength by limping sway disabled
And art made tongue-tied by authority,
And folly, doctor-like, controlling skill,
And simple truth miscalled simplicity,
And captive good attending captain ill:
　Tired with all these, from these would I be gone,
　Save that, to die, I leave my love alone.

ソネット　67

ああ　なにゆえに　彼はこんな腐敗に満ちた社会の中で生きていかなければならな
　いのか
ひとびとと交わることで邪悪な行為も受け入れてしまい
罪悪は彼がいることによってはびこり
彼との交際によりレース飾りを施すのか？
なにゆえに彼の頬を模した贋の肖像画を描き
彼の生き生きとした頬の色から生気のない上辺を盗み取るのか？
なにゆえに薄っぺらな美しさはまどろっこしく薔薇の影を追い求めようとするのか？
彼の薔薇こそが本物であるのだから、
造物主が破産してしまい　生きた血管を流れる赤い血さえ事欠く現在
なにゆえに彼は生き続けなければならないのか？
なぜなら造物主はかつては多くの誇るべき財宝を持っていたが
今や彼のみが頼みとなる財産になってしまったのだから、
　おお！造物主は彼を今後のために残しておく
　最近でこそひどい状況が続いているが　ずっと昔造物主がどれほどの富を有して
　いたかを示すために。

Sonnet LXVII

Ah! wherefore with infection should he live,
And with his presence grace impiety,
That sin by him advantage should achieve,
And lace itself with his society?
Why should false painting imitate his cheek,
And steal dead seeming of his living hue?
Why should poor beauty indirectly seek
Roses of shadow, since his rose is true?
Why should he live, now Nature bankrupt is,
Beggared of blood to blush through lively veins?
For she hath no exchequer now but his,
And proud of many, lives upon his gains.
　O! him she stores, to show what wealth she had
　In days long since, before these last so bad.

ソネット　68

これは過ぎ去った歳月が描いた彼の顔だ
まがい物の美貌が流行り始め
あるいは素顔に化粧が施されるようになる以前
美貌が花のように自然に咲き誇り枯れていった頃の、
死者と共に埋葬される権利にもかかわらず
その金髪は切り取られて
他人の頭でもう一つの人生を送るようになる以前の
美貌の死者の毛髪がもう一度輝きをもたらすようになる前の、
彼の顔にはこれらの神聖な古き良き時代を窺うことができる
あらゆる装飾はなく　それ自身本物で
借り物の夏の新緑もなく
彼の美貌を新たに装うために古い衣裳を奪うこともない、
　　造物主は彼の顔をとっておく
　　偽りの装いに対して　嘗ての美はいかなるものであったかを示すために。

Sonnet LXVIII

Thus is his cheek the map of days outworn,
When beauty lived and died as flowers do now,
Before these bastard signs of fair were born,
Or durst inhabit on a living brow;
Before the golden tresses of the dead,
The right of sepulchres, were shorn away,
To live a second life on second head;
Ere beauty's dead fleece made another gay:
In him those holy antique hours are seen,
Without all ornament, itself and true,
Making no summer of another's green,
Robbing no old to dress his beauty new;
　And him as for a map doth Nature store,
　To show false Art what beauty was of yore.

ソネット 69

世間の目に映るあなたの外見は
よく考えてみても修正するような欠点を持たない
あらゆる人々の魂の声があなたにそういう評価を与える
敵さえも認めざるを得ないまぎれもない真実を口にして、
あなたの外見はこのように外見に対する称賛で飾られる
だがあなたに称賛を与える人々が
別の言い方をしてその称賛を混乱させる
目が見たところよりももっと深いところを見ることにより、
人々はあなたの心も美しいかどうかを覗き込んで
それをあなたの行いによって判断する
そして人々の野卑な思考は　人々の目が好意的であったにしても
あなたの美しい花に雑草の不快な臭いを付け加えようとする、
　だがあなたの匂いがあなたの見かけに釣り合わないことがあるだろうか
　だとしたら　あなたが低俗な者たちと交わってきたからだ。

Sonnet LXIX

Those parts of thee that the world's eye doth view
Want nothing that the thought of hearts can mend;
All tongues, the voice of souls, give thee that due,
Uttering bare truth, even so as foes commend.
Thy outward thus with outward praise is crown'd;
But those same tongues, that give thee so thine own,
In other accents do this praise confound
By seeing farther than the eye hath shown.
They look into the beauty of thy mind,
And that in guess they measure by thy deeds;
Then, churls, their thoughts, although their eyes were kind,
To thy fair flower add the rank smell of weeds:
　But why thy odour matcheth not thy show,
　The soil is this, that thou dost common grow.

ソネット　70

あなたを非難する人々がいたとしてもあなたに欠陥があるというわけではない
なぜなら中傷の対象はいつも美しいものだったからだ
美にはそういう嫌疑が伴う
鴉がこの上ない美しい空を飛ぶように、
あなたが善良であるなら　中傷者も認めざるを得ない
あなたの価値は思ったよりも偉大で　時にさえ愛されることを
なぜなら害虫は最も甘やかなつぼみを愛し
あなたは純粋で汚れしらずの青春の盛りを呈するからだ、
あなたは青春時代の誘惑の待ち伏せに遭っても
襲われることもなくあるいは襲われたとしても打ち破ってしまった
だがこのようなあなたへの賛辞も　いつまでも
妬みを縛り付けることはできず　それは自由にはびこるだろう、
　なんらかの悪の嫌疑があなたの外見を覆うことがなかったとしたら
　あなたはただひとり多くのひとびとの心をとらえる心の王国を所有するだろう。

Sonnet LXX

That thou art blamed shall not be thy defect,
For slander's mark was ever yet the fair;
The ornament of beauty is suspect,
A crow that flies in heaven's sweetest air.
So thou be good, slander doth but approve
Thy worth the greater, being wooed of time;
For canker vice the sweetest buds doth love,
And thou present'st a pure unstained prime.
Thou hast passed by the ambush of young days
Either not assailed, or victor being charged;
Yet this thy praise cannot be so thy praise,
To tie up envy, evermore enlarged,
　If some suspect of ill masked not thy show,
　Then thou alone kingdoms of hearts shouldst owe.

ソネット　71

わたしが死んだとしても　わたしを悼むのは
忌まわしい虫けらと住まうためにわたしが憂き世を去ったことを
重苦しく虚ろな鐘の音が世間に知らせるのを
あなたが耳にするまででいい、
もしあなたがこのくだりを読んだとしても　それを書いた手を思い出さないでほしい
わたしはあなたをとても愛しているからだ
わたしのことを思うことがあなたを悲しませるなら
あなたのやさしい心の中でわたしは忘れ去られたい、
おお　もしあなたがこの詩を目にすることがあっても
そのときわたしはおそらく土に帰りつつあるだろうから
取るに足らないわたしの名前を幾度も呼んだりしないでほしい
そしてわたしの死とともにあなたの愛も終わりにしてほしい、
　　口うるさい世間があなたの悲しみを詮索したり
　　わたしの死後にわたしとの関わりであなたを嘲ることのないように。

Sonnet LXXI

No longer mourn for me when I am dead
Than you shall hear the surly sullen bell
Give warning to the world that I am fled
From this vile world with vilest worms to dwell:
Nay, if you read this line, remember not
The hand that writ it, for I love you so,
That I in your sweet thoughts would be forgot,
If thinking on me then should make you woe.
O! if, I say, you look upon this verse,
When I perhaps compounded am with clay,
Do not so much as my poor name rehearse;
But let your love even with my life decay;
　　Lest the wise world should look into your moan,
　　And mock you with me after I am gone.

ソネット 72

おお！あなたが愛するようなどんな美点がわたしにあったのかと
人々があなたに説明するように迫らなければいいのだが
わたしの死後は　愛する人よ　わたしをすっかり忘れてしまってほしい
あなたはわたしが価値あるものを持っているなんて証明できないのだから、
わたしが実際を上回るような価値を持つと思わせる
巧妙な嘘をあなたが考え出し
さらにけちん坊な真実が進んで与えるよりも多くの称賛を
亡くなったわたしに贈るのでない限り、
おお！あなたがわたしへの愛のために偽りの誉め言葉を口にすることで
あなたの真実の愛が虚偽に見えないといいが
わたしの名もまたわたしの遺体とともに葬られてほしい
わたしにとってもあなたにとっても恥辱は避けたいものだ、
　なぜなら　わたしが生み出したものによってわたしが辱めを受け
　価値のないものを愛したことであなたが辱めを受けるのを避けたいからだ。

Sonnet LXXII

O! lest the world should task you to recite
What merit lived in me, that you should love
After my death,--dear love, forget me quite,
For you in me can nothing worthy prove.
Unless you would devise some virtuous lie,
To do more for me than mine own desert,
And hang more praise upon deceased I
Than niggard truth would willingly impart:
O! lest your true love may seem false in this
That you for love speak well of me untrue,
My name be buried where my body is,
And live no more to shame nor me nor you.
　For I am shamed by that which I bring forth,
　And so should you, to love things nothing worth.

ソネット　73

最近まで鳥たちが甘く囀っていたが今やすっかり荒廃してしまった聖歌隊席
寒さに身を震わせる枝々の上に
黄葉がわずかに残りあるいは落ちつくしてしまう時期というものを
あなたはわたしの中に見るかもしれない、
日没の後に西空に消えていくそのような日の黄昏を
あなたはわたしの中に見るかもしれない
暗い夜がたちまち奪い去ってしまう黄昏を
すべてを休息に封じ込める死の第二の役割を、
あなたはわたしの中に
若い炎から変じた灰の上になお輝く炎を見るだろう
その炎は死の床で消え失せる定めにあるにせよ
炎に燃える材料を与えたものが炎を燃え尽きさせもする、
　　あなたがこのことに気づくならば　あなたの愛はもっと強くなるだろう
　　あなたが遠からず別れなければならないひとを惜しみなく愛するだろう。

Sonnet LXXIII

That time of year thou mayst in me behold
When yellow leaves, or none, or few, do hang
Upon those boughs which shake against the cold,
Bare ruined choirs, where late the sweet birds sang.
In me thou see'st the twilight of such day
As after sunset fadeth in the west;
Which by and by black night doth take away,
Death's second self, that seals up all in rest.
In me thou see'st the glowing of such fire,
That on the ashes of his youth doth lie,
As the death-bed, whereon it must expire,
Consumed with that which it was nourish'd by.
　This thou perceiv'st, which makes thy love more strong,
　To love that well, which thou must leave ere long.

ソネット 74

あの残忍な官吏が保釈金など認めずにわたしを連れ去ってしまっても
あなたは満足したようすを示していればいいのです
わたしの命はこの詩に少しは関わりがあります
それは思い出としてこれからもあなたの中に生き続けるでしょう、
あなたがこの詩を読み返すとき　あなたはきっと思い返すでしょう
わたしのたいせつな部分があなたに捧げられていたことを
土は土を支配することができるだけです　それは土の持ち分だから
わたしの魂はあなたのものです　わたしのよりよい部分である魂は、
だからあなたは命のカスを失ったにすぎないのです
わたしの死後虫けらの餌食となるわたしの遺体を
悪党が卑怯にもそのナイフで命を奪うのです
わたしの遺体はあなたが覚えているほど尊いものではないのです、
　　ある物の価値はそれが包含するものの価値です
　　そしてこの詩に含まれるわたしの魂はあなたとともにあるでしょう。

Sonnet LXXIV

But be contented when that fell arrest
Without all bail shall carry me away,
My life hath in this line some interest,
Which for memorial still with thee shall stay.
When thou reviewest this, thou dost review
The very part was consecrate to thee:
The earth can have but earth, which is his due;
My spirit is thine, the better part of me:
So then thou hast but lost the dregs of life,
The prey of worms, my body being dead;
The coward conquest of a wretch's knife,
Too base of thee to be remembered.
　The worth of that is that which it contains,
　And that is this, and this with thee remains.

ソネット　75

あなたはわたしの思いにとって生きる糧のようなもの
あるいは大地を潤す季節の慈雨のようなものだ
あなたの平穏を守るためにわたしは心を砕く
あたかも守銭奴がその富に意を用いるように、
今は満ち足りた者として誇らしい気持ちでいるが　すぐさま
盗み癖のある同時代の者たちがその財宝を盗みはしないかと心配になる
今はあなたとふたりだけでいることをこの上なく大切に思うが
後には人々がわたしの喜びを目にするかもしれないと思って更にわくわくする、
あるときあなたを見るという眼福で満たされたばかりでも
たちまちまたあなたと会いたくてたまらなくなる
すでに手に入れたものあるいはあなたから奪い取らなければならないもの以外
なんら愉楽を感じることも追求することもない、
　　このようにわたしは日に日に飢えては飽食する
　　あるいはあらゆる財宝を貪るかさもなければすべてお預けにされるかだ。

Sonnet LXXV

So are you to my thoughts as food to life,

Or as sweet-season'd showers are to the ground;

And for the peace of you I hold such strife

As 'twixt a miser and his wealth is found.

Now proud as an enjoyer, and anon

Doubting the filching age will steal his treasure;

Now counting best to be with you alone,

Then better'd that the world may see my pleasure:

Sometime all full with feasting on your sight,

And by and by clean starved for a look;

Possessing or pursuing no delight

Save what is had, or must from you be took.

　Thus do I pine and surfeit day by day,

　Or gluttoning on all, or all away.

ソネット　76

なぜわたしの詩句には目新しい装飾がなく
変化も素早い転換もほとんどないのだろう？
時代の流行に合わせて　わたしは
新たに見出された手法や斬新な言葉の組み合わせに目を向けるべきではないのだろ
　　うか？
なぜわたしはいつまでもひとつのことを同じように書き
よく知られた装いで創作し続けるのだろうか？
すべての言葉がそれらの出自や系統図を示しながら
ほとんどわたしの名を告げるというのに、
おお　恋人よ　わたしはいつもあなたのことを書くのだ
そしてあなたと愛のことが常にわたしのテーマなのだ
だから　わたしにとって最善なのは使い古された言葉を新しく装わせることだ
すでに使われたものをふたたび使うことだ、
　　なぜなら太陽が日々出没をくりかえすように
　　わたしの愛もまたすでに語られたことを語り続けているのだから。

Sonnet LXXVI

Why is my verse so barren of new pride,
So far from variation or quick change?
Why with the time do I not glance aside
To new-found methods and to compounds strange?
Why write I still all one, ever the same,
And keep invention in a noted weed,
That every word doth almost tell my name,
Showing their birth and where they did proceed?
O, know, sweet love, I always write of you,
And you and love are still my argument;
So all my best is dressing old words new,
Spending again what is already spent:
　For as the sun is daily new and old,
　So is my love still telling what is told.

ソネット　77

あなたの鏡はいかにしてあなたの美貌が衰えるかを示すでしょう
あなたの時計はいかにしてあなたの貴重な時間が浪費されるかを示すでしょう
あなたの心は記すべき空白のページを持っているでしょう
そしてこの書物から　あなたはこのような認識を読み取るかもしれません、
あなたの鏡があからさまに映すだろう皺は
あなたに大きく口を開けた墓を思い起こさせるでしょう
時計の影の密かな移行によってあなたは
時が永遠に向かって盗人のように歩むのを知るかもしれません、
あなたの記憶にとどめておくことができないものならすべて
これらの空白のページに書き込めばいいのです　そうすればあなたはやがて
あなたの頭から生まれて育てられたそれらの子供を発見し
新たな出会いをすることができるでしょう、
　　これらの日課は　あなたが観察するほどの頻度であれば
　　あなたのためになりあなたの書物を豊かなものにするでしょう。

Sonnet LXXVII

Thy glass will show thee how thy beauties wear,
Thy dial how thy precious minutes waste;
The vacant leaves thy mind's imprint will bear,
And of this book, this learning mayst thou taste.
The wrinkles which thy glass will truly show
Of mouthed graves will give thee memory;
Thou by thy dial's shady stealth mayst know
Time's thievish progress to eternity.
Look what thy memory cannot contain,
Commit to these waste blanks, and thou shalt find
Those children nursed, delivered from thy brain,
To take a new acquaintance of thy mind.
　These offices, so oft as thou wilt look,
　Shall profit thee and much enrich thy book.

ソネット　78

わたしは詩を書こうとするときしばしばあなたに詩神としての降臨を求めてきた
そして自分の詩の中にそんなにも明らかにあなたの助力を見出してきた
ほかの詩人たちもみなわたしの詩法を用いるようになった
そしてかれらの詩篇はあなたの力によって広く読まれるところとなっている、
口のきけない者に朗々と歌うことを教え
無知で鈍重な者に空高く飛ぶことを教えたあなたの眼は
学者の翼に羽根を付け加え
優雅な者に二重の栄華を賦与してきた、
だが最も誇ってほしいのは　わたしが編んだ詩集であり
その魅力はすべてあなたのものでありあなたから生まれたものだ
ほかの詩人たちの作品においてはあなたは既存の言い回しを少し手直しするだけだ
そして詩の技巧はあなたの甘美な優雅さによって優雅さをかち得る、
　　だがあなたはわたしの技巧のすべてであり　わたしの詩を
　　無知で粗野な詩人のレベルからはるかに上達させてくれる。

Sonnet LXXVIII

So oft have I invoked thee for my Muse,
And found such fair assistance in my verse
As every alien pen hath got my use
And under thee their poesy disperse.
Thine eyes, that taught the dumb on high to sing
And heavy ignorance aloft to fly,
Have added feathers to the learned's wing
And given grace a double majesty.
Yet be most proud of that which I compile,
Whose influence is thine, and born of thee:
In others' works thou dost but mend the style,
And arts with thy sweet graces graced be;
　But thou art all my art, and dost advance
　As high as learning, my rude ignorance.

ソネット　79

わたしだけがあなたの助力を求めていた時は
わたしの詩だけがあなたのエレガントな上品さを謳っていた
だが今やわたしの優美な詩篇もその力を失い
わたしのインスピレーションも弱まってほかの詩人にその座を譲っている、
恋人よ　あなたという愛らしい主題が
より優れた詩人の労苦に値することを認める
ただ　あの詩人があなたに関して作り出した詩篇はと言えば
彼はそれをあなたから奪いあなたに返したのだ、
彼はあなたに美徳を貸し与える　だがその言葉は
あなたの振舞いから彼が盗んだものだ　彼は美を与える
だがそれは彼があなたの顔に見出したものだ　彼があなたに与えうる称賛は
もともとあなたが備えていたものに対してだけだ、
　　だからあなたは彼の詩に感謝する必要はない
　　なぜなら彼があなたに負っているものはあなた自身が支払うのだから。

Sonnet LXXIX

Whilst I alone did call upon thy aid,
My verse alone had all thy gentle grace;
But now my gracious numbers are decayed,
And my sick Muse doth give an other place.
I grant, sweet love, thy lovely argument
Deserves the travail of a worthier pen;
Yet what of thee thy poet doth invent
He robs thee of, and pays it thee again.
He lends thee virtue, and he stole that word
From thy behaviour; beauty doth he give,
And found it in thy cheek: he can afford
No praise to thee, but what in thee doth live.
　　Then thank him not for that which he doth say,
　　Since what he owes thee, thou thyself dost pay.

ソネット　80

おお　あなたのことを書くときわたしは気を失いそうになる
より優れた詩人があなたの名を用いていること
そしてあなたを称賛するために全力を注いでいることを知っているので
わたしはあなたの名声に触れようとすると舌がもつれてしまう、
だがあなたの価値は大洋のように広く
見すぼらしい舟も最も豪華な船と同様に航行させるので
わたしの小舟はあの詩人の船よりはるかに貧相だが
生意気にもあなたの広い海原に乗り出す、
あなたの最も浅い水深がわたしを沈没しないように助けてくれる
一方あの詩人はあなたの底なしの深い海原を航行する
さもなければ　わたしは難破するだろう　みすぼらしい舟だから
あの詩人はと言えば大きな船体と高い誇りの持ち主だ、
　　だからもしあの詩人が安全に航海し　わたしが難破すれば
　　最悪の場合　わたしの愛がわたしを滅亡させることになるということだろう。

Sonnet LXXX

O! how I faint when I of you do write,
Knowing a better spirit doth use your name,
And in the praise thereof spends all his might,
To make me tongue-tied speaking of your fame.
But since your worth, wide as the ocean is,
The humble as the proudest sail doth bear,
My saucy bark, inferior far to his,
On your broad main doth wilfully appear.
Your shallowest help will hold me up afloat,
Whilst he upon your soundless deep doth ride;
Or, being wracked, I am a worthless boat,
He of tall building, and of goodly pride:
　　Then if he thrive and I be cast away,
　　The worst was this, my love was my decay.

ソネット　81

さもなければわたしは永らえてあなたの墓碑銘を記すだろう
あるいはわたしが土の中で腐る時あなたは生き続けるだろう
それゆえ死さえもあなたの記憶を奪い去ることはできない
わたしのあらゆる部位が忘れられてしまうにしても、
あなたの名前は永遠に忘れられることはないだろう
わたしは一旦死んでしまえばそれきり世間とおさらばになってしまうのだが
世の中はわたしにありふれた墓地を与えるだけだ
あなたの墓碑は人々の眼に触れ続けるのだが、
あなたの墓碑銘にはわたしの気品に満ちた詩が刻まれるだろう
これから生まれてくる人々がその詩を繰り返し読むだろう
それらの人々はあなたのことを繰り返し口にするだろう
今この世に生きているすべての人間が死に絶えた後も、
　　わたしのペンの力によってあなたはいつまでも
　　活き活きと生き続け人々の口の端にさえ上り続けるだろう。

Sonnet LXXXI

Or I shall live your epitaph to make,
Or you survive when I in earth am rotten,
From hence your memory death cannot take,
Although in me each part will be forgotten.
Your name from hence immortal life shall have,
Though I, once gone, to all the world must die:
The earth can yield me but a common grave,
When you entombed in men's eyes shall lie.
Your monument shall be my gentle verse,
Which eyes not yet created shall o'er-read;
And tongues to be your being shall rehearse,
When all the breathers of this world are dead;
　　You still shall live, such virtue hath my pen,
　　Where breath most breathes, even in the mouths of men.

ソネット 82

あなたがわたしの詩と契りを結んだのではなかったこと
そしてそれゆえにあなたがなんの咎めを受けることなしに
詩人たちが麗しい対象に捧げた言葉をためつすがめつして
それらの詩集をすべて祝福することをわたしは認める、
あなたは容貌だけでなく教養もまた兼ね備えており
あなたの価値がわたしの称賛を上回っていることに気づいている
それゆえあなたは時とともに進化するより新しい表現法を
求めることを余儀なくされている、
愛しい人よ　そのようにするがいい　だがそれらの詩人たちは
レトリックの与える無理な言い回しを弄しているのであり
真実を述べるあなたの友による真の率直な言葉によってこそ
あなたの真の美しさが表され　真の共感を招くのだ、
　そしてあの詩人たちの粗雑な描法は血色を必要とする頬にはふさわしくても
あなたにはふさわしくない。

Sonnet LXXXII

I grant thou wert not married to my Muse,
And therefore mayst without attaint o'erlook
The dedicated words which writers use
Of their fair subject, blessing every book.
Thou art as fair in knowledge as in hue,
Finding thy worth a limit past my praise;
And therefore art enforced to seek anew
Some fresher stamp of the time-bettering days.
And do so, love; yet when they have devised,
What strained touches rhetoric can lend,
Thou truly fair, wert truly sympathized
In true plain words, by thy true-telling friend;
　And their gross painting might be better used
　Where cheeks need blood; in thee it is abused.

ソネット　83

わたしの見る限りあなたが化粧をする必要があったことは決してなかったので
あなたの美しさに化粧を施したことはなかった
負託を受けた詩人が発する粗雑な言葉をあなたの美しさが凌駕していたことに
わたしは気づいていた　あるいは気づいたと思っていた、
それゆえにわたしはあなたの美しさを世間に伝えることを差し控えた
そのかわりあなたはあなた自身が自らの姿によって示したのかもしれない
今風の表現技巧がいかに拙いものであり
あなたがいかなる価値を持っているかを十分に示すことができないことを、
この沈黙をあなたはわたしの罪だと言ったが
むしろ口を利かないことがわたしの最大の栄光となるだろう
なぜならほかの詩人たちが技巧を凝らそうとして墓穴を掘るのに対して
わたしは口を利かないことによって美を損なわないでいられるからだ、
　　いずれの詩人たちの弄する称賛の技巧よりも
　　あなたの美しい瞳の片方だけでさえより生き生きとした輝きを示すのだ。

Sonnet LXXXIII

I never saw that you did painting need,
And therefore to your fair no painting set;
I found, or thought I found, you did exceed
The barren tender of a poet's debt:
And therefore have I slept in your report,
That you yourself, being extant, well might show
How far a modern quill doth come too short,
Speaking of worth, what worth in you doth grow.
This silence for my sin you did impute,
Which shall be most my glory being dumb;
For I impair not beauty being mute,
When others would give life, and bring a tomb.
　There lives more life in one of your fair eyes
　Than both your poets can in praise devise.

ソネット　84

どの詩人がもっとも巧みに表現しているだろうか？
あなただけがあなたであるというこの豊かな称賛の言葉を上回る表現をいずれの詩
　　人がなしえているだろうか？
あなたに匹敵する詩表現が生み出された例を示す言葉の宝庫は
いずれの詩人の領域に埋め込まれているのだろうか？
貧しい言葉しか持っていない詩人は
表現すべき対象にささやかな栄光さえ与えることができない
だが　あなたのことを書く詩人が　ありのままのあなたを
伝えることができるなら　その詩には尊厳が与えられる、
詩人には　自然が輝かせているものを損なうことなしに
あなたの中に書かれたものを写し取らせればいいのだ
そういう写しは詩人の機知に栄誉を与え
その文体は至る所で称賛されるろう、
　　あなたが称賛にこだわり　あなたへの称賛の言葉を損なうならば
　　折角のあなたの生来の美質に汚点を与えることになるだろう。

Sonnet LXXXIV

Who is it that says most, which can say more,

Than this rich praise, that you alone, are you,

In whose confine immured is the store

Which should example where your equal grew?

Lean penury within that pen doth dwell

That to his subject lends not some small glory;

But he that writes of you, if he can tell

That you are you, so dignifies his story.

Let him but copy what in you is writ,

Not making worse what nature made so clear,

And such a counterpart shall fame his wit,

Making his style admired every where.

　　You to your beauteous blessings add a curse,

　　Being fond on praise, which makes your praises worse.

ソネット　85

寡黙なわたしの詩神は謙虚に沈黙を守っている
ほかの詩人たちのあなたへの溢れる称賛の言葉は
卓越した技法を駆使し詩神を総動員した見事な称賛の詩篇によって
あなたの美質を書き残す、
ほかの詩人たちは巧みな言葉であなたを書き記すがわたしは心からあなたを思う
そして　ほかの優れた詩人たちが洗練された筆致と
磨かれたスタイルで生み出した賛歌に対して
わたしは　読み書きのできない教会書記のように　いつも「アーメン」と叫ぶ、
あなたが称賛されるのを耳にすると　わたしは　「そうだ　そのとおりだ」と言い
そしてこの上ない称賛に対してさえなにかを付け加える
ただしあなたを愛するわたしの心の中だけではあるが
とは言え　言葉は後方に控え思いが前列に並ぶのだ、
　つまり　ほかの詩人たちに対してはその言葉の息遣いを
　わたしに対しては　真実を述べるわたしの沈黙の思いをこそ尊重してほしい。

Sonnet LXXXV

My tongue-tied Muse in manners holds her still,
While comments of your praise richly compiled,
Reserve thy character with golden quill,
And precious phrase by all the Muses filed.
I think good thoughts, whilst others write good words,
And like unlettered clerk still cry 'Amen'
To every hymn that able spirit affords,
In polished form of well-refined pen.
Hearing you praised, I say ''tis so, 'tis true,'
And to the most of praise add something more;
But that is in my thought, whose love to you,
Though words come hindmost, holds his rank before.
　Then others, for the breath of words respect,
　Me for my dumb thoughts, speaking in effect.

ソネット　86

わたしの熟考した思いをわたしの脳に閉じ込め
それらの思いが生まれ育った子宮を墳墓にしてしまうのは
あなたというあまりにも貴い褒賞を手に入れようとする
あの詩人の順風満帆の誇らしい詩のためであろうか？
わたしを死に追いやったのは　人並外れた技巧で表現することを
精霊から教えられたあの詩人だろうか？
いや　わたしの詩を沈黙に追いやったのは　あの詩人でもなく
夜ごとあの詩人に援助の手を差し伸べる同朋でもない、
あの詩人も
あの詩人に夜ごと知恵を授ける親しい精霊も
わたしを黙らせた勝利者として誇ることはできない
わたしは彼らを恐れたから詩が書けなくなったのではないからだ、
　　だがあなたの姿があの詩人の詩を満たす時
　　わたしは詩を書く対象を失い　わたしの詩は力無いものとなるのだ。

Sonnet LXXXVI

Was it the proud full sail of his great verse,
Bound for the prize of all too precious you,
That did my ripe thoughts in my brain inhearse,
Making their tomb the womb wherein they grew?
Was it his spirit, by spirits taught to write
Above a mortal pitch, that struck me dead?
No, neither he, nor his compeers by night
Giving him aid, my verse astonished.
He, nor that affable familiar ghost
Which nightly gulls him with intelligence,
As victors of my silence cannot boast;
I was not sick of any fear from thence:
　　But when your countenance filled up his line,
　　Then lacked I matter; that enfeebled mine.

ソネット　87

さようなら！あなたはわたしのものであるには高貴過ぎるし
あなたはきっと自分の価値をよくわきまえてもいる
あなたの価値ある特権はあなたに自由を与える
わたしのあなたとの契約はすべて終了してしまった、
あなたに受け入れられない限りわたしはどうやってあなたを引き留めておけるだろ
　　う？
あなたの豊かさに値するものがわたしにはあるだろうか？
この美しい贈り物を受け取る理由がわたしには欠けている
だからわたしに与えられた特許が引き上げられるのだ、
あなたは自分の価値をよく知らないままに自分を与えた
さもなければ誤ってわたしに自分を与えた
それゆえあなたの偉大な贈り物は　誤りが募るにつれ
適切な判断によって　元の持ち主に戻ったのだ、
　　夢の誉め言葉を聞きながら　これまでわたしはあなたと過ごしてきた
　　眠りの中では王のように　だが目覚めればおよそ王とは縁のないように。

Sonnet LXXXVII

Farewell! thou art too dear for my possessing,
And like enough thou know'st thy estimate,
The charter of thy worth gives thee releasing;
My bonds in thee are all determinate.
For how do I hold thee but by thy granting?
And for that riches where is my deserving?
The cause of this fair gift in me is wanting,
And so my patent back again is swerving.
Thy self thou gavest, thy own worth then not knowing,
Or me to whom thou gav'st it else mistaking;
So thy great gift, upon misprision growing,
Comes home again, on better judgement making.
　　Thus have I had thee, as a dream doth flatter,
　　In sleep a king, but waking no such matter.

ソネット 88

あなたがわたしを軽んじ
わたしの価値を蔑むようになる時が来ても
わたしはあなたの側に立ってわたし自身を責め
あなたが裏切ったとしてもあなたが有徳の士であることを証明するだろう、
わたしは自分の至らなさをわきまえているので
隠された過ちについてはわたしに責任があるということを
あなたの立場に立って述べることができるだろう
それによってあなたはわたしを失うがそれにまさる栄誉をかち得るだろう、
そしてこれによりわたしもまた勝者となるだろう
わたしはあなたを心から愛するのであり
わたしが自分自身を傷つけたとしても
それはあなたを有利な立場に置くだけでなくわたしにも有利に働くのだ、
　　わたしはそんなにもあなたを愛しているので
　　あなたは常に正しく悪いのはすべてわたしなのだ。

Sonnet LXXXVIII

When thou shalt be disposed to set me light,
And place my merit in the eye of scorn,
Upon thy side, against myself I'll fight,
And prove thee virtuous, though thou art forsworn.
With mine own weakness being best acquainted,
Upon thy part I can set down a story
Of faults concealed, wherein I am attainted;
That thou in losing me shalt win much glory:
And I by this will be a gainer too;
For bending all my loving thoughts on thee,
The injuries that to myself I do,
Doing thee vantage, double-vantage me.
　　Such is my love, to thee I so belong,
　　That for thy right, myself will bear all wrong.

ソネット　89

もしあなたがなにかわたしのした過ちのためにわたしを見捨てることがあるとしたら
わたしはその過ちについて説明を加えるだろう
わたしの詩がお粗末だとあなたが言えばわたしは直ちに書くのをやめるだろう
あなたが挙げる理由に対して弁解などはせずに、
恋人よ　あなたはわたしのことを　わたしが自分自身を辱めるのに比べて
その半分も悪しざまには言えず
あなたが変化を願ったとしても丁寧な表現にとどめる
わたしはあなたの意思をわきまえているので　あなたとの関係を断ち切り疎遠に振
　る舞うだろう、
あなたの歩くところへは出向かず　愛しいあなたの名前も
もはやわたしの口の端に上ることはないだろう
なぜならわたしが卑俗過ぎてあなたの名誉を傷つけたり
たまさかわたしたちのこれまでの関係を漏らしたりするといけないから、
　あなたの側に立ってわたしは自分にさえ不利な弁論をすることを誓う
　というのはあなたが嫌う人物をわたしは決して愛してはならないからだ。

Sonnet LXXXIX

Say that thou didst forsake me for some fault,
And I will comment upon that offence:
Speak of my lameness, and I straight will halt,
Against thy reasons making no defence.
Thou canst not, love, disgrace me half so ill,
To set a form upon desired change,
As I'll myself disgrace; knowing thy will,
I will acquaintance strangle, and look strange;
Be absent from thy walks; and in my tongue
Thy sweet beloved name no more shall dwell,
Lest I, too much profane, should do it wrong,
And haply of our old acquaintance tell.
　For thee, against my self I'll vow debate,
　For I must ne'er love him whom thou dost hate.

ソネット　90

それならお好きな時にいつでもなんなら今でもわたしを嫌いになってもいいのですよ
今　世間の人々がわたしの行いを悪しざまに言いたがる時に
意地悪な運命の女神に同調して　わたしを平伏させればいいのです
ただし　散々苦しみを蒙った後は避けて下さい、
ああ！わたしの心がこの悲しみを逃れたのですから
征服した敵のように扱わないで下さい
わたしを捨てると決めたのならぐずぐずしたり
強い風の吹く夜のあとに雨の降る朝を来させないでください、
あなたがわたしのもとを去ろうというなら　最後まで待たないで下さい
ほかのこまごました悲しみがそれぞれに意地悪をしてきたのですが
はじめに襲撃して下さい　そうすれば運命の女神の最悪の力というものを
わたしははじめに味わうことになるでしょう、
　　そして今は悲しみに見えるほかのさまざまな悲しみも
　　あなたを失うことに比べたらそうは見えないでしょう。

Sonnet XC

Then hate me when thou wilt; if ever, now;

Now, while the world is bent my deeds to cross,

Join with the spite of fortune, make me bow,

And do not drop in for an after-loss:

Ah! do not, when my heart hath 'scaped this sorrow,

Come in the rearward of a conquered woe;

Give not a windy night a rainy morrow,

To linger out a purposed overthrow.

If thou wilt leave me, do not leave me last,

When other petty griefs have done their spite,

But in the onset come: so shall I taste

At first the very worst of fortune's might;

　And other strains of woe, which now seem woe,

　Compared with loss of thee, will not seem so.

ソネット　91

家柄に誇りを持つ者もいれば
技術や富や強靭な体や
けばけばしくはあるが最新流行の衣裳や
鷹や猟犬や馬に誇りを持つ者もいる、
あらゆる気質は　ほかの喜びを上回る喜びを
その中に備えている
だがこれらの喜びはわたしの望むものではない
わたしはこれらに勝る最高の喜びを享受している、
あなたの愛はわたしにとって高貴な生まれ以上のものであり
富よりも豊かで衣装代よりも誇らしく
鷹や馬よりも大きな歓喜をもたらす
そしてあなたに愛されることがわたしにとって誇るべきことだ　男ならだれでも誇
　　らしく思うだろうが、
　　わたしがみじめになるとしたら　ただあなたがこの誇りを取り去り
　　わたしをとことんみじめにするときだけだ。

Sonnet XCI

Some glory in their birth, some in their skill,
Some in their wealth, some in their body's force,
Some in their garments though new-fangled ill;
Some in their hawks and hounds, some in their horse;
And every humour hath his adjunct pleasure,
Wherein it finds a joy above the rest:
But these particulars are not my measure,
All these I better in one general best.
Thy love is better than high birth to me,
Richer than wealth, prouder than garments' cost,
Of more delight than hawks and horses be;
And having thee, of all men's pride I boast:
　　Wretched in this alone, that thou mayst take
　　All this away, and me most wretched make.

ソネット 92

だがあなたはわたしから逃げ出すなどというひどいことをすればいいのです
なぜなら生涯あなたはわたしのものであり
あなたの愛が終わればわたしの命も終わるからです
わたしの命はあなたの愛次第だからです、
だからわたしは最悪の事態を恐れる必要はないのです
ちょっとした事態さえわたしの命を終わらせるのですから
あなたの気分に左右される状況に比べれば
それはより恵まれた状況であるでしょう、
わたしの命は今まさにあなたの反乱に直面しているのですから
あなたは心変わりによってわたしを悩ますことはできないのです
おお　わたしはなんという幸福な資格を見出したのでしょう
あなたに愛される幸福　あるいは死ぬという幸福、
　　だがいかなる汚点をも恐れなくてもいいほど美しく幸運な人とは一体何でしょう
　　か？
　　あなたは不実な行為をするかもしれませんが　わたしはそれに気づくことはない
　　のです。

Sonnet XCII

But do thy worst to steal thyself away,
For term of life thou art assured mine;
And life no longer than thy love will stay,
For it depends upon that love of thine.
Then need I not to fear the worst of wrongs,
When in the least of them my life hath end.
I see a better state to me belongs
Than that which on thy humour doth depend:
Thou canst not vex me with inconstant mind,
Since that my life on thy revolt doth lie.
O what a happy title do I find,
Happy to have thy love, happy to die!
　But what's so blessed-fair that fears no blot?
　Thou mayst be false, and yet I know it not.

ソネット　93

ということで　わたしは不実を働かれた夫のように
あなたが真にわたしを愛していると思いながら暮らしていくだろう
だから　あなたが心変わりをしたとしても　わたしを愛する表情はいつまでも変わ
　　らないように見えるかもしれない
あなたがわたしに愛する眼差しを向けていても　心はほかのひとに向けられている
　　かもしれない、
なぜならあなたの顔にはわたしを嫌う色をうかがうことができないからだ
だからあなたの外見からはあなたの心変わりを知ることはできない
多くのひとびとの表情を見れば　偽りのこころは
怒りやしかめ面や奇妙な皺として現れる、
だがあなたが誕生したときに　　天は
あなたの顔にはいつもやさしい愛の表情が浮かべられるように命じたのだ
あなたの考えあるいは思いがなんであろうとも
あなたの外見はそれとは別にやさしい表情を示す、
　　あなたの素晴らしい内面の美徳があなたの見た目に相応しないのであれば
　　あなたの美しさはいかにもイヴのりんごのような実を結ぶだろう！

Sonnet XCIII

So shall I live, supposing thou art true,
Like a deceived husband; so love's face
May still seem love to me, though altered new;
Thy looks with me, thy heart in other place:
For there can live no hatred in thine eye,
Therefore in that I cannot know thy change.
In many's looks, the false heart's history
Is writ in moods, and frowns, and wrinkles strange.
But heaven in thy creation did decree
That in thy face sweet love should ever dwell;
Whate'er thy thoughts, or thy heart's workings be,
Thy looks should nothing thence, but sweetness tell.
　　How like Eve's apple doth thy beauty grow,
　　If thy sweet virtue answer not thy show!

ソネット 94

ひとを傷つける力を持ったひとたちでも　実際に傷つけはしないだろう
いかにもやりそうに見えることでも実際にすることはない
ほかのひとたちの心を動かすことはあっても　自らは石のように
無感動で冷たく誘いにもあまり乗らない、
かれらは正しく天の祝福を受け継ぎ
自然から与えられた富を浪費しないように気を配る
かれらはかれらの顔の主君であり持ち主である
だがほかのひとたちは高貴なかれらの従者に過ぎない、
夏に咲く花はかぐわしい夏を彩る
たとえ花そのものはただ生育して枯れるだけであっても
だがもしその花がいまわしい病気に侵されれば
名もない雑草にすらその尊厳において劣ることになるだろう、
　なぜなら最も甘美なものもその行為によっては最も酸っぱいものになり
　百合の花も朽ちれば雑草よりもずっと嫌な臭いがするからだ。

Sonnet XCIV

They that have power to hurt, and will do none,
That do not do the thing they most do show,
Who, moving others, are themselves as stone,
Unmoved, cold, and to temptation slow;
They rightly do inherit heaven's graces,
And husband nature's riches from expense;
They are the lords and owners of their faces,
Others, but stewards of their excellence.
The summer's flower is to the summer sweet,
Though to itself, it only live and die,
But if that flower with base infection meet,
The basest weed outbraves his dignity:
　For sweetest things turn sourest by their deeds;
　Lilies that fester, smell far worse than weeds.

ソネット　95

あなたは不名誉さえそんなにも甘く愛らしいものに変えてしまう！
不名誉は香しいバラにとりつく病弊のように
世に知られつつあるあなたの名声を損なうものなのだが
おお　あなたはどんな甘味の中にあなたの罪を封じ込めようとするのだろう？
あなたの遊興について淫らなコメントを付しながら
これまでのあなたの来し方について語ろうとする者も
ある種の称賛のかたちでしか貶めることができない
あなたの名前を口にすれば悪い評判さえ祝福に変わってしまう、
おお　それらの悪徳はどんな邸を手に入れたのだろう？
それらはその住まいとしてあなたを選んだのだ
そこでは美しいヴェールがあらゆる染みを隠してくれるし
目が見ることができる物はすべて美しく変えられる、
　　あなたは　この大きな特権を大切にすべきだ！
　　最も硬いナイフさえ使い方を誤れば刃がこぼれるのだから。

Sonnet XCV

How sweet and lovely dost thou make the shame
Which, like a canker in the fragrant rose,
Doth spot the beauty of thy budding name!
O! in what sweets dost thou thy sins enclose.
That tongue that tells the story of thy days,
Making lascivious comments on thy sport,
Cannot dispraise, but in a kind of praise;
Naming thy name blesses an ill report.
O! what a mansion have those vices got
Which for their habitation chose out thee,
Where beauty's veil doth cover every blot
And all things turns to fair that eyes can see!
　Take heed, dear heart, of this large privilege;
　The hardest knife ill-used doth lose his edge.

ソネット　96

あなたの短所は若さだと言う者も　放蕩だと言う者もいる
あなたの長所は若さと気品のある遊びだと言う者もいる
あなたの長所と短所はいずれも　身分の高い者にも低い者にも愛される
あなたは短所もまた自らの長所に変えてしまう、
王座に就いた女王の指にはめれば
ひどく安っぽい宝石さえ高価に見えるだろう
あなたに見受けられる過ちもまたそのように
真実と受け止められ　立派な行為だとみなされる、
狼が羊のように変装できるとしたら
残忍な狼はどれほど多くの羊を欺くだろう
あなたが持っているあらゆる種類の力を駆使するとしたら
どれほど多くの賛美者の目を欺くことになるだろうか、
　　だがあなたはそんなことをしてはいけない　あなたはわたしのものであり　あな
　　たの評判のよさもわたしと一体だ
　　わたしはそんなふうにあなたを愛しているのだから。

Sonnet XCVI

Some say thy fault is youth, some wantonness;
Some say thy grace is youth and gentle sport;
Both grace and faults are lov'd of more and less:
Thou mak'st faults graces that to thee resort.
As on the finger of a throned queen
The basest jewel will be well esteem'd,
So are those errors that in thee are seen
To truths translated, and for true things deem'd.
How many lambs might the stern wolf betray,
If like a lamb he could his looks translate!
How many gazers mightst thou lead away,
If thou wouldst use the strength of all thy state!
　　But do not so, I love thee in such sort,
　　As thou being mine, mine is thy good report.

ソネット　97

あなたと離れていた期間は　過ぎ去る年の愉悦を失い
わたしにとってあたかも冬のような時期だった
なんとも凍えるような寒さを味わい　暗い日々を過ごし
いたるところに年の暮れ12月の荒涼とした景色を見たことであろうか！
だが今過ぎ去ったのは夏という季節だ
豊かな実りの秋が訪れ
身籠った後に主人を亡くした女性の子宮のように
青春の放蕩が実を結ぶ、
この豊饒な実りもわたしには
ただ孤児の出生見込みであり　父無し児の出産にしか見えなかった
なぜなら夏の季節とその賑わいはあなたにかしずき
あなたが不在の時は鳥たちさえもさえずることはないからだ、
　　あるいは鳥たちはさえずるとしてもいかにも生気を欠き
　　木の葉は冬の到来を恐れるあまり色を失ってしまう。

Sonnet XCVII

How like a winter hath my absence been
From thee, the pleasure of the fleeting year!
What freezings have I felt, what dark days seen!
What old December's bareness everywhere!
And yet this time removed was summer's time;
The teeming autumn, big with rich increase,
Bearing the wanton burden of the prime,
Like widow'd wombs after their lords' decease:
Yet this abundant issue seemed to me
But hope of orphans, and unfathered fruit;
For summer and his pleasures wait on thee,
And, thou away, the very birds are mute:
　Or, if they sing, 'tis with so dull a cheer,
　That leaves look pale, dreading the winter's near.

ソネット　98

色とりどりの４月が飾り立てた衣裳に身を包み
あらゆるものに若さのエッセンスを吹き込む春の間
わたしはあなたのいない時間を過ごしてきた
暗鬱なサトゥルヌスさえ４月には笑って飛び跳ねたのだった、
小鳥の歌声も
様々な香りや色合いを持つ花たちの甘い匂いも
わたしに楽しい話をする気にはさせなかったし
それらの花々が育った誇らしい土地から摘み取ることもしなかった、
また百合の白さに心を動かされることもなかったし
薔薇の深い紅を愛でることもなかった
それらはすべてあなたという原型をもとに描かれた
甘美さに過ぎず　喜ばしい模写に過ぎなかった、
　あなたがいないのでまだ冬であるように思えた
　あなたの影と戯れるかのようにわたしはこれらのものと戯れた。

Sonnet XCVIII

From you have I been absent in the spring,
When proud pied April, dressed in all his trim,
Hath put a spirit of youth in every thing,
That heavy Saturn laughed and leapt with him.
Yet nor the lays of birds, nor the sweet smell
Of different flowers in odour and in hue,
Could make me any summer's story tell,
Or from their proud lap pluck them where they grew:
Nor did I wonder at the lily's white,
Nor praise the deep vermilion in the rose;
They were but sweet, but figures of delight,
Drawn after you, you pattern of all those.
　Yet seemed it winter still, and you away,
　As with your shadow I with these did play.

ソネット 99

早咲きのすみれをわたしはこのように叱った
優しい泥棒よ　おまえはどこからその甘い香りを盗んだのか
わたしの恋人の香りから以外にはありえないよね？
おまえの頬を粧う華麗な紫も
おまえがわたしの恋人の血に浸ってたっぷりと染まったから、
百合に対してもその手の白さを盗んだことを責めた
マジョラムの蕾はあなたの髪を盗んだのだった
薔薇と言えば不安に戦いていた
恥じらって赤らむものもあり　絶望して青白くなるものもあり
赤くも白くもなくその両方の色を盗んだものもあった
その上さらにあなたの香りさえ横取りしたのだった、
だがその盗みゆえに　薔薇は　その花の盛りに
復讐の虫に蝕まれて枯れてしまうのだ、
　　さらに多くの花をわたしは見てみたが　あなたからその甘い香りや色合い
　　を盗まなかった花など　一本もないのだった。

Sonnet XCIX

The forward violet thus did I chide:
Sweet thief, whence didst thou steal thy sweet that smells,
If not from my love's breath? The purple pride
Which on thy soft cheek for complexion dwells
In my love's veins thou hast too grossly dy'd.
The lily I condemned for thy hand,
And buds of marjoram had stol'n thy hair;
The roses fearfully on thorns did stand,
One blushing shame, another white despair;
A third, nor red nor white, had stol'n of both,
And to his robbery had annexed thy breath;
But, for his theft, in pride of all his growth
A vengeful canker eat him up to death.
　　More flowers I noted, yet I none could see,
　　But sweet, or colour it had stol'n from thee.

ソネット　100

詩神よ　どこにいるのですか？　あなたのすべての力の根源である彼を
そんなにも長い間詩に取り上げることを忘れてしまって
あなたの詩才をなにかくだらない詩を作ることに費やし
卑しいテーマにばかり光を当てることであなたの詩作能力を弱めているのではない
　　ですか？
忘れっぽい詩神よ　帰ってきてください　そしてすぐれた詩を作ることで
そんなにも無駄にしてしまった時間を今すぐ取り戻してください
あなたの詩を評価しあなたの詩作に技巧と主題を与えてくれる人々に向けて
詩を作ってください、
さあ　怠惰な詩神よ　立ち上がってわたしの恋人の顔を見てください
もし時が恋人の顔に皺を刻んだのなら
もしそうなら　老化を風刺した詩を書き
時の略奪品を至る所で軽蔑してください、
　　あなたが時の大鎌と曲がったナイフから彼を守れるように
　　時が彼の命を浪費するより速くわたしの恋人を称える詩を書いてください。

Sonnet C

Where art thou Muse that thou forget'st so long,
To speak of that which gives thee all thy might?
Spend'st thou thy fury on some worthless song,
Darkening thy power to lend base subjects light?
Return forgetful Muse, and straight redeem,
In gentle numbers time so idly spent;
Sing to the ear that doth thy lays esteem
And gives thy pen both skill and argument.
Rise, resty Muse, my love's sweet face survey,
If Time have any wrinkle graven there;
If any, be a satire to decay,
And make Time's spoils despised every where.
　Give my love fame faster than Time wastes life,
　So thou prevent'st his scythe and crooked knife.

ソネット 101

おお怠惰な詩神よ　美に染められた真実を蔑ろにしたことを
どんなふうに償うというのでしょうか？
真実も美もわたしの恋人に依存し
あなたもまた同様で　それによって尊厳を獲得するのです、
詩神よ　答えてください　おそらくあなたは答えないでしょうね？
「真実は彩色を必要としない　すでにわたしの恋人の色で染め付けられているから
美は絵筆を必要としない　美の真実はすでに描かれているから
だが最高のものは最高のものであり続ける　不純物が混じらない限り」とは、
彼が称賛を必要としないからといってあなたは沈黙を続けようとするのですか？
そんな言い訳をしないでください
なぜなら金色のお墓より彼の名を長く残し
後世のひとびとに称賛されるようにするのはあなたの役割だからです、
　ですから詩神よ　あなたの務めを果たして下さい　これからも長きにわたって
　今現在のような美貌を彼に保たせる方法を　あなたにご教示いたしますから。

Sonnet CI

O truant Muse what shall be thy amends
For thy neglect of truth in beauty dyed?
Both truth and beauty on my love depends;
So dost thou too, and therein dignified.
Make answer Muse: wilt thou not haply say,
'Truth needs no colour, with his colour fixed;
Beauty no pencil, beauty's truth to lay;
But best is best, if never intermixed'?
Because he needs no praise, wilt thou be dumb?
Excuse not silence so, for't lies in thee
To make him much outlive a gilded tomb
And to be praised of ages yet to be.
　Then do thy office, Muse; I teach thee how
　To make him seem, long hence, as he shows now.

ソネット　102

見かけ上はわたしの愛は弱まっているように見えるかもしれませんが
実際は強まっているのです
表面的に弱まっているように見えても愛する気持ちは少しも弱まってはいないのです
商業的な愛ならば　その持ち主が至る所でその極上の価値を吹聴するでしょう、
わたしたちの愛は新しいものでした　そして春の間だけ
わたしは詩を書いて春にあいさつしたものでした
あたかもナイチンゲールが初夏には囀るのに
実りの季節が深まるにつれ囀るのをやめてしまうように、
それは　ナイチンゲールの悲しげな歌声が夜を静まらせる季節よりも
この夏という季節が快適でないからではなく
雑多な鳥の鳴き声があらゆる枝を埋め尽くし
快い歌声がありふれたものになってしまえば希少な喜びも失われるからです、
　　それゆえに時折わたしは口をつぐむのです　ナイチンゲールのように
　　なぜなら　わたしは自分の歌によってあなたを退屈させたくはないからです。

Sonnet CII

My love is strengthened, though more weak in seeming;
I love not less, though less the show appear;
That love is merchandized, whose rich esteeming,
The owner's tongue doth publish every where.
Our love was new, and then but in the spring,
When I was wont to greet it with my lays;
As Philomel in summer's front doth sing,
And stops his pipe in growth of riper days:
Not that the summer is less pleasant now
Than when her mournful hymns did hush the night,
But that wild music burthens every bough,
And sweets grown common lose their dear delight.
　Therefore like her, I sometime hold my tongue:
　Because I would not dull you with my song.

ソネット　103

ああ！わが詩神はなんと貧しい詩しか生み出さないのでしょうか
その詩才を存分に発揮し得る広範なテーマがあるというのに
わたしが付け加える称賛の言葉などないほうが
詩の対象はより価値あるものとなるのです！
おお！わたしがもはや詩作しえないとしても責めないでください
恋人よ　鏡をご覧ください　そこには
わたしの粗末な詩想をはるかに凌駕し　わたしの詩句を凡庸にし
わたしの顔色をなからしめるあなたのお顔が映っています、
それゆえ　あなたのお顔をより美しく表現しようとして　かえって
元から美しいお顔を損なうことがあるとすれば罪悪だと言えるでしょう？
なぜならわたしが詩作において目指しているのは
あなたの優美さや才能について述べることだからです、
　　あなたが鏡を見る時　鏡はあなたに示します
　　わたしの詩が表すよりもずっとずっと多くのものを。

Sonnet CIII

Alack! what poverty my Muse brings forth,
That having such a scope to show her pride,
The argument all bare is of more worth
Than when it hath my added praise beside!
O! blame me not, if I no more can write!
Look in your glass, and there appears a face
That over-goes my blunt invention quite,
Dulling my lines, and doing me disgrace.
Were it not sinful then, striving to mend,
To mar the subject that before was well?
For to no other pass my verses tend
Than of your graces and your gifts to tell;
　And more, much more, than in my verse can sit,
　Your own glass shows you when you look in it.

ソネット　104

美しい友よ　わたしにとってあなたが年老いるなんてありえないことです
なぜならはじめてわたしがあなたと目を合わせた時から
あなたの美貌はいつまでも変わらないからです　三度の冷たい冬が
三度の夏の盛りを森の枝から揺さぶり落としてしまいました、
三度の美しい春が黄葉の秋に変わってしまいました
季節の移り変わりの中にわたしは見てきました
三度の四月の芳しい香りが猛暑の六月によって燃え尽きたことを
わたしがはじめて初々しいあなたを見た時から今に至るまであなたはなお若々しく
　　あることを、
ああ！だが時計の時針のように美貌はいつの間にか指し示す時刻から離れていくの
　　です
そしてその速度は測ることができません
わたしには変わらないと思えるあなたの容色もまた
変わっていくのです　わたしの眼は欺かれたままかもしれませんが、
　　そのことを恐れるが故に　まだ生まれていない後世の人々よ　聞いて下さい
　　あなたたちが生まれる前に最高の美貌の持ち主は亡くなってしまったことを。

Sonnet CIV

To me, fair friend, you never can be old,
For as you were when first your eye I ey'd,
Such seems your beauty still. Three winters cold,
Have from the forests shook three summers' pride,
Three beauteous springs to yellow autumn turned,
In process of the seasons have I seen,
Three April perfumes in three hot Junes burned,
Since first I saw you fresh, which yet are green.
Ah! yet doth beauty like a dial-hand,
Steal from his figure, and no pace perceived;
So your sweet hue, which methinks still doth stand,
Hath motion, and mine eye may be deceived:
　For fear of which, hear this thou age unbred:
　Ere you were born was beauty's summer dead.

113

ソネット　105

わたしの愛を偶像崇拝と言わないでほしい
あるいはわたしの恋人が偶像のようだと
なぜならわたしのソネットや称賛はいつも似ており
ただひとつのことをいつまでも述べ続けるからだ、
わたしの恋人は今日も優しく明日も優しい
いつまでも変わらずにすばらしく優れている
だからわたしの詩はいつまでも同じところから抜け出せない
ただひとつのことだけを表現しほかのことは念頭にない、
美しさと優しさと真実　　それがわたしの主題のすべてだ
美しさと優しさと真実　　それをほかの言い方をすることはあるが
この言い換えにわたしの詩才は活用される
この三つのテーマがひとつになればわたしの詩作に素晴らしい広がりを与える、
　　美しさと優しさと真実　　それらはしばしば別々に存在してきたし
　　今に至るまで決して席を同じくすることはなかったのだ。

Sonnet CV

Let not my love be called idolatry,
Nor my beloved as an idol show,
Since all alike my songs and praises be
To one, of one, still such, and ever so.
Kind is my love to-day, to-morrow kind,
Still constant in a wondrous excellence;
Therefore my verse to constancy confined,
One thing expressing, leaves out difference.
Fair, kind, and true, is all my argument,
Fair, kind, and true, varying to other words;
And in this change is my invention spent,
Three themes in one, which wondrous scope affords.
　　Fair, kind, and true, have often lived alone,
　　Which three till now, never kept seat in one.

ソネット　106

過去の年代記を見ると
極めて美しい人々の記述があることに気づく
美の叙述が作り出す美しい古代の韻文は
亡き貴婦人や愛すべき騎士たちを称賛している、
そして　とびきり素敵な美男美女の
手や足や唇や目や眉を描く筆致を見ると
古代の詩人たちなら　今美の極致を誇る
あなたのような美しささえ表現できたかもしれないと思う、
彼らの称賛の言葉は　この我らが時代のあなたという美男子を
予め描いて見せた予言である
彼らは未来を予測する目を持ってはいたが
あなたの価値を謳う技術には欠けていた、
　今この現代の世の中を生きるわれわれは　あなたの美しさを
　驚きをもって見る目は持っているが　それを称賛し得る言葉を持たない。

Sonnet CVI

When in the chronicle of wasted time
I see descriptions of the fairest wights,
And beauty making beautiful old rhyme,
In praise of ladies dead and lovely knights,
Then, in the blazon of sweet beauty's best,
Of hand, of foot, of lip, of eye, of brow,
I see their antique pen would have expressed
Even such a beauty as you master now.
So all their praises are but prophecies
Of this our time, all you prefiguring;
And for they looked but with divining eyes,
They had not skill enough your worth to sing:
　For we, which now behold these present days,
　Have eyes to wonder, but lack tongues to praise.

ソネット　107

わたし自身の恐れも　未来を予言する
広い世間の預言者の魂も
わたしの真実の恋の期間を左右することはできず
冷酷な運命に屈服するということであろう、
満ち欠けする月は月食に耐えてきたのだし
占星術師は哀れにも自らの予言を嘲る
不確かさも今や自らを確かなものとし
平和はオリーブの枝に永遠の命を宣言する、
今最もうららかな時のしたたりによって
わたしの愛は若々しくなり　死はわたしに譲歩する
死の存在にもかかわらずわたしはこの貧しい詩の中で生き続けるだろうから
そうして死はと言えば魯鈍で言葉を持たない部族に勝ち誇る、
　　あなたはこの詩の中にあなたのモニュメントを見出すだろう
　　独裁者の紋章と真鍮の墓標が朽ち果てる時に。

Sonnet CVII

Not mine own fears, nor the prophetic soul
Of the wide world dreaming on things to come,
Can yet the lease of my true love control,
Supposed as forfeit to a confined doom.
The mortal moon hath her eclipse endured,
And the sad augurs mock their own presage;
Incertainties now crown themselves assured,
And peace proclaims olives of endless age.
Now with the drops of this most balmy time,
My love looks fresh, and Death to me subscribes,
Since, spite of him, I'll live in this poor rhyme,
While he insults o'er dull and speechless tribes:
　　And thou in this shalt find thy monument,
　　When tyrants' crests and tombs of brass are spent.

ソネット　108

頭の中にはインクで記され得るどんなものがあるのだろう？
それはわたしの本当の心をあなたに示すことができていないだろうか？
わたしの愛あるいはあなたの優れた美点を表す
新しい言葉や今記録すべきことがあるのだろうか？
なにもない　愛しいひとよ　それでもなお　神に捧げる祈りのように
わたしは毎日全く同じ言葉を口にする
長い付き合いも古いとは思われず　あなたはわたしのもの
わたしはあなたのものだ　はじめてあなたの御名を崇めたときのように、
そのように永遠の愛は新たな衣装に包まれているので
老いによる埃や傷も気にならないし
避けられない皺も問題にならない
ただ古来のものを永久に永遠の愛のページとするのだ、
　　時と外観がわたしたちの愛を失われたように見せても
　　最初に生まれはぐくまれた愛をそこに見出すことで。

Sonnet CVIII

What's in the brain that ink may character
Which hath not figured to thee my true spirit?
What's new to speak, what now to register,
That may express my love, or thy dear merit?
Nothing, sweet boy; but yet, like prayers divine,
I must each day say o'er the very same;
Counting no old thing old, thou mine, I thine,
Even as when first I hallowed thy fair name.
So that eternal love in love's fresh case,
Weighs not the dust and injury of age,
Nor gives to necessary wrinkles place,
But makes antiquity for aye his page;
　Finding the first conceit of love there bred,
　Where time and outward form would show it dead.

ソネット 109

おお！わたしが不貞を働いたなどと言わないでください
あなたが不在の間わたしの愛の炎が弱まったように見えたとしても
わたしが自分自身に別れを告げることはたやすくないでしょう
あなたの胸にあるわたしの心に別れを告げるのと同様に、
それはわたしの愛の本拠地だからです　旅するあの人のように
遊び歩いたとしても　わたしは戻ります
時間通りに　事情が変わっても予定を変更したりはせずに
わたしの汚れをすすぐことができるように、
わたしの本性が　あらゆるタイプの人々を苦しめる誘惑に
支配されているとしても　信じないでください
この上なく素晴らしいあなたを去ってつまらない人のもとへ走るほど
わたしの本性が愚かに汚れてしまうことがありうると、
　　わたしの薔薇よ　あなたがいなければこの広大な宇宙も空しいものです
　　そこではあなたがわたしの全てなのですから。

Sonnet CIX

O! never say that I was false of heart,
Though absence seemed my flame to qualify,
As easy might I from my self depart
As from my soul which in thy breast doth lie:
That is my home of love: if I have ranged,
Like him that travels, I return again;
Just to the time, not with the time exchanged,
So that myself bring water for my stain.
Never believe though in my nature reigned,
All frailties that besiege all kinds of blood,
That it could so preposterously be stained,
To leave for nothing all thy sum of good;
　For nothing this wide universe I call,
　Save thou, my rose, in it thou art my all.

ソネット　110

ああ！そのとおりです。わたしはあちこちで遊んでいました
そして自分を世間の笑いものにしていました
自分の考えに角を突き刺し　大切なものを卑しめました
新しい愛情によって旧来の罪を重ねたのです、
わたしが真実さえも横目で見知らぬもののように見ていたことも
まことにそのとおりです　でも　天に誓って言いますが
こうした遊興はわたしに若い息吹を吹き込みました
同時に安っぽい他の交際はあなたが最上の恋人であることを明らかにしました、
すべての遊びが終わった今　わたしたちは永遠の関係に戻りましょう
わたしはもはや新しい経験によって情欲を研ぎ澄ませることはありません
なじみの友人すなわちわたしが虜となっている愛の神に
試練を与えるために、
　ですからわたしを歓迎してください　天国への望みを別とすれば
　最高の存在であるあなたよ　その純粋でこの上ない愛に満ちた胸へとどうか。

Sonnet CX

Alas! 'tis true, I have gone here and there,
And made my self a motley to the view,
Gored mine own thoughts, sold cheap what is most dear,
Made old offences of affections new;
Most true it is, that I have looked on truth
Askance and strangely; but, by all above,
These blenches gave my heart another youth,
And worse essays proved thee my best of love.
Now all is done, have what shall have no end:
Mine appetite I never more will grind
On newer proof, to try an older friend,
A god in love, to whom I am confined.
　Then give me welcome, next my heaven the best,
　Even to thy pure and most most loving breast.

ソネット　111

おお！わたしのためにあなたは運命の女神をたしなめてくれませんか？
わたしを悪行に走らせた罪深い女神を
女神がわたしの生涯に与えたものは
俗世間の流儀で稼ぐ俗世間の実入りでしかなかったのでした、
それゆえわたしの名前は烙印を押され
わたしの本質は紺屋の手のように
それが携わるものによって汚されます
わたしに慈悲をください　そしてわたしが生まれ変われるように祈ってください、
そうして　治癒を願う患者のようにわたしは
わたしの悪疫を治すために何回分かの酢を飲みます
どんなに苦い薬でも苦いとは思わないでしょう
悔い改めるためには倍の苦行もつらいとは思わないでしょう、
　ですからわたしに慈悲を下さい　愛しいひとよ　わたしは請け合います
　あなたの慈悲さえあればわたしを癒すのに十分であることを。

Sonnet CXI

O! for my sake do you with Fortune chide,
The guilty goddess of my harmful deeds,
That did not better for my life provide
Than public means which public manners breeds.
Thence comes it that my name receives a brand,
And almost thence my nature is subdued
To what it works in, like the dyer's hand:
Pity me, then, and wish I were renewed;
Whilst, like a willing patient, I will drink
Potions of eisel 'gainst my strong infection;
No bitterness that I will bitter think,
Nor double penance, to correct correction.
　Pity me then, dear friend, and I assure ye,
　Even that your pity is enough to cure me.

ソネット　112

あなたの愛と憐みが
わたしの額に刻印された低俗な噂の傷跡を癒すのです
わたしを良いとか悪いとか言う声があっても気にしません
あなたがわたしの悪を覆ってくれ良さを認めてくれるからです、
あなたはわたしのすべてです　ですからわたしは
あなたの言葉からわたしの恥辱と称賛を読み取らなければなりません
ほかのだれもわたしにはいないも同然でわたしもほかのひとのために生きてはいま
　　せん
わたしの頑なな感性もあなた次第で正しいか誤っているかをわきまえるように変化
　　します、
あの底知れぬ淵にわたしは
あなた以外の者の言葉への関心をすべて投げ捨て
批判的なことにも追従にもクサリヘビのように耳を閉じています
見てください　わたしがどうしたら自分を蔑ろにせずに済ませられるのかを、
　　あなたはそんなにもわたしの生きる目的となってしまったので
　　あなた以外の全世界は死んだように思えるのです。

Sonnet CXII

Your love and pity doth the impression fill,
Which vulgar scandal stamped upon my brow;
For what care I who calls me well or ill,
So you o'er-green my bad, my good allow?
You are my all-the-world, and I must strive
To know my shames and praises from your tongue;
None else to me, nor I to none alive,
That my steeled sense or changes right or wrong.
In so profound abysm I throw all care
Of others' voices, that my adder's sense
To critic and to flatterer stopped are.
Mark how with my neglect I do dispense:
　　You are so strongly in my purpose bred,
　　That all the world besides methinks y'are dead.

ソネット 113

わたしがあなたのもとを去ってからはわたしの目は心にあります
わたしが出かける時にわたしを導くものが
その機能を放棄して部分的な盲目となっています
見えているように見えても　実際にはよく見えていないのです、
なぜならそれはいかなる形も心に届けないからです
鳥も　花も　あるいはそれがとらえた形をも
心は目がとらえた対象を見ることができません
目自体もそれがとらえたものの形を保つことができません、
もし目が最も野卑な光景や高貴な光景
きわめて美しいひとや醜いひと
山や海　昼や夜
鴉や鳩を見たとしても　それはすべてをあなたに似せてしまうからです、
　あなたのことだけを思い　あなたにどっぷりと浸った
　わたしの誠実な心はわたしの目を不誠実なものにしてしまうのです。

Sonnet CXIII

Since I left you, mine eye is in my mind;
And that which governs me to go about
Doth part his function and is partly blind,
Seems seeing, but effectually is out;
For it no form delivers to the heart
Of bird, of flower, or shape which it doth latch:
Of his quick objects hath the mind no part,
Nor his own vision holds what it doth catch;
For if it see the rud'st or gentlest sight,
The most sweet favour or deformed'st creature,
The mountain or the sea, the day or night,
The crow, or dove, it shapes them to your feature.
　Incapable of more, replete with you,
　My most true mind thus maketh mine eye untrue.

ソネット　114

あるいはわたしの心はあなたという王冠を戴いているので
王の疫病である追従を飲み干すということなのでしょうか？
それともこう言ったほうがよいでしょうか？わたしの目は真実を述べており
あなたへの愛がわたしの目にこの錬金術を教示したと、
すなわち対象物が視線にとらえられるや否や
化け物や混沌としたものから
あのように魅惑的なあなたにそっくりの天使たちを創り出し
あらゆる悪を完全な善に変えてしまうのだと、
おお！それは初めにすべきこと　見ることを通じて心に追従を伝えることです
わたしの偉大な心はいかにも王のようにそれを飲み干すのです
わたしの目はなにが心の味覚に合っているかを熟知しています
ですからそれは心の好みの味で飲み物を用意するのです、
　　もしそれに毒が入っていたとしてもそれほど重い罪ではないのです
　　なぜならわたしの目は追従を好み初めにそれを毒見する役割を担っているからで
　　す。

Sonnet CXIV

Or whether doth my mind, being crowned with you,
Drink up the monarch's plague, this flattery?
Or whether shall I say, mine eye saith true,
And that your love taught it this alchemy,
To make of monsters and things indigest
Such cherubins as your sweet self resemble,
Creating every bad a perfect best,
As fast as objects to his beams assemble?
O! 'tis the first, 'tis flattery in my seeing,
And my great mind most kingly drinks it up:
Mine eye well knows what with his gust is 'greeing,
And to his palate doth prepare the cup:
　If it be poisoned, 'tis the lesser sin
　That mine eye loves it and doth first begin.

ソネット 115

これまでにわたしが書いてきた詩行は偽りです
わたしはこれ以上あなたを愛することはできませんと言ったことさえ
当時のわたしの判断力では　わたしのこれ以上ない愛の炎が
更に強まるなどと想像する理由など思い当たらなかったのです、
けれども　時が刻む夥しい出来事が様々な誓いの中に忍び込み
王の布令を改め
聖なる美しさを鞣し　最も固い意志を鈍らせ
強固な心を変わりやすいものに変えてしまうのです、
ああ！時の圧政を恐れながらも　わたしは　あの時言ってはいけなかったのでしょ
　うか？
「今わたしはあなたを最も愛しています」と
そのときわたしの愛は時よりも確かなものであり　わたしの愛は
現在に王冠をいただかせ　未来には疑問を呈するものであったのですから、
　愛の神は赤ん坊です　だからわたしはそう言ってはいけなかったのでしょうか？
　いつまでも育ち続けるものに対して完全な成長を遂げたのだと。

Sonnet CXV

Those lines that I before have writ do lie,
Even those that said I could not love you dearer:
Yet then my judgment knew no reason why
My most full flame should afterwards burn clearer.
But reckoning Time, whose million'd accidents
Creep in 'twixt vows, and change decrees of kings,
Tan sacred beauty, blunt the sharp'st intents,
Divert strong minds to the course of altering things;
Alas! why, fearing of Time's tyranny,
Might I not then say, 'Now I love you best,'
When I was certain o'er incertainty,
Crowning the present, doubting of the rest?
　Love is a babe, then might I not say so,
　To give full growth to that which still doth grow?

ソネット 116

心から愛し合う者同士の婚姻を妨げるものがあるなどということを
わたしは決して認めない　なにか事情の変化で変わるような愛は
あるいは心変わりする相手につられて変わってしまうような愛は
本当の愛ではない、
いや！本当の愛は　嵐に晒されても決して揺さぶられることのない
永遠に固定された標識なのだ
それは彷徨える船にとって
水平線からの高度は測定できるがその価値は未知の星のようなものだ、
愛は時の道化役ではない　ただし薔薇色の唇や頬は
時の湾曲した大鎌の餌食となるのを免れないにしても
愛は　時の束の間の時間や週の間に変わることはなく
生を終えるときまで守り通されるものだ、
　もしこのことが誤りであってそれがわたしに示されたなら
　わたしは決してなにものも書いたりしなかったし　だれも愛し合ったりすること
　はなかっただろう。

Sonnet CXVI

Let me not to the marriage of true minds
Admit impediments. Love is not love
Which alters when it alteration finds,
Or bends with the remover to remove:
O, no! it is an ever-fixed mark,
That looks on tempests and is never shaken;
It is the star to every wandering bark,
Whose worth's unknown, although his height be taken.
Love's not Time's fool, though rosy lips and cheeks
Within his bending sickle's compass come;
Love alters not with his brief hours and weeks,
But bears it out even to the edge of doom.
　If this be error and upon me proved,
　I never writ, nor no man ever loved.

ソネット　117

こんなふうにわたしを告訴してもいいですよ　すべてを蔑ろにしたと
あなたの素晴らしい恩恵に報いるべきであったのに
日々絆によってわたしが結びつけられるべき
あなたのこの上なく貴い愛を求めることを忘れてしまったと、
わたしが見知らぬ輩としばしば共に過ごして
あなたが高い対価を支払って手に入れた権利を行使する暇を与えなかったと
わたしが見境なしにあらゆる風に向かって帆を揚げて
わたしをはるかあなたの視界の届かないところへ運び去ってしまったと、
わたしの故意と過失の仕業をいずれも書き留め
明白な証拠に加えて推測事項もかき集めればいいでしょう
あなたがわたしを見て眉を顰めるのはいいですが
はっきりとした憎しみの目で見ることはやめてください、
　　なぜなら　わたしはわたしの上訴において　あなたの愛が
　　永遠で高潔であることを証明しようと懸命の努力を傾けたことを訴えているので
　　すから。

Sonnet CXVII

Accuse me thus: that I have scanted all,
Wherein I should your great deserts repay,
Forgot upon your dearest love to call,
Whereto all bonds do tie me day by day;
That I have frequent been with unknown minds,
And given to time your own dear-purchased right;
That I have hoisted sail to all the winds
Which should transport me farthest from your sight.
Book both my wilfulness and errors down,
And on just proof surmise accumulate;
Bring me within the level of your frown,
But shoot not at me in your wakened hate;
　　Since my appeal says I did strive to prove
　　The constancy and virtue of your love.

ソネット　118

食欲をさらに旺盛にするために
わたしたちが味覚を強い薬で刺激するように
また　将来罹るかもしれない病気を予防するために
下剤をかけて病気を避けようとしてかえって気分が悪くなるように、
そのように　わたしはあなたの決して過剰ではない甘さに満たされていた一方
苦い味付けの料理にも食指を伸ばしました
そしてあなたに愛される幸せに飽きてしまって　本当にそれが必要になる前に
薬によって気分が悪くなることの都合のよさに気づいたのでした、
このように愛の打算は　まだ現実のものではない苦しみを防止しようとして
疑いようもない過ちを犯したのでした
そして優しさに恵まれ過ぎているのでかえって病気になることによって癒されるで
　あろう
健康な状態に一連の薬を与えたのでした、
　　だがわたしはそのことから　そんなにもあなたに飽きてしまった者に
　　薬物が毒として作用するという教訓が真実であると学び知ったのです。

Sonnet CXVIII

Like as, to make our appetites more keen,
With eager compounds we our palate urge;
As, to prevent our maladies unseen,
We sicken to shun sickness when we purge;
Even so, being full of your ne'er-cloying sweetness,
To bitter sauces did I frame my feeding;
And, sick of welfare, found a kind of meetness
To be diseased, ere that there was true needing.
Thus policy in love, to anticipate
The ills that were not, grew to faults assured,
And brought to medicine a healthful state
Which, rank of goodness, would by ill be cured;
　But thence I learn and find the lesson true,
　Drugs poison him that so fell sick of you.

ソネット 119

内部が地獄のように汚れたフラスコによって蒸留された
サイレンの涙をわたしはどれほど飲んだのだろうか？
恐れを望みに　望みを恐れに塗布して
自分では手に入れたと思ってもいつも失い続けたのだった、
なんという拙い過ちをわたしの心は犯したのだろう
これまでになかったほどに祝福されていたと思い込んでいたのに
この狂おしい発熱のいたずらによって
わたしの目はこんなにも眼窩から飛び出してしまったのだろう、
おお！悪行のお陰で　今わたしは真実を見出した
より良いものも悪いものによってさらに良くなり
壊れた愛も　新たに作られることによって
最初よりずっと美しくなり　もっと強く偉大なものになるということを、
　　そのようにしてわたしは様々な試練の後に満足すべきところへ立ち戻り
　　遣ってしまった分の三倍もの利得を悪行のお陰で得たのだった。

Sonnet CXIX

What potions have I drunk of Siren tears,
Distilled from limbecks foul as hell within,
Applying fears to hopes, and hopes to fears,
Still losing when I saw myself to win!
What wretched errors hath my heart committed,
Whilst it hath thought itself so blessed never!
How have mine eyes out of their spheres been fitted,
In the distraction of this madding fever!
O benefit of ill! now I find true
That better is by evil still made better;
And ruined love, when it is built anew,
Grows fairer than at first, more strong, far greater.
　So I return rebuked to my content,
　　And gain by ills thrice more than I have spent.

ソネット　120

かつてあなたにされたひどい仕打ちを今度はわたしがしてしまった
その時感じた自分の悲しみを思うと
今のわたしは罪の意識で頭を垂れるしかない
わたしの神経は真鍮でもなければ鋼鉄でもないのだから、
なぜなら　もしあなたがわたしの裏切りによって動揺したのなら
かつてわたしがそうであったようにあなたは苦悶の日々を過ごしただろう
そして暴君であるるわたしは　かつてわたしがあなたの不実によって
どれだけ苦しんだかを考えてみることさえなかった、
おお！わたしたちの悲痛に満ちた夜が　真の悲しみがどれほどの苦痛を与えるかを
わたしの心の最も奥深いところに思い起こさせてくれたなら
わたしはすぐさまあなたに　あなたがかつてわたしにしてくれたように
傷ついた心を癒す謙虚な謝罪の言葉を捧げたものを！
　あなたの罪過が今わたしへの慰謝料となるのでなければ
　わたしの罪過はあなたの罪過と相殺され　あなたの罪過はわたしの今度の罪過と
　　相殺されなければならない。

Sonnet CXX

That you were once unkind befriends me now,
And for that sorrow, which I then did feel,
Needs must I under my transgression bow,
Unless my nerves were brass or hammered steel.
For if you were by my unkindness shaken,
As I by yours, you've passed a hell of time;
And I, a tyrant, have no leisure taken
To weigh how once I suffered in your crime.
O! that our night of woe might have remembered
My deepest sense, how hard true sorrow hits,
And soon to you, as you to me, then tendered
The humble salve, which wounded bosoms fits!
　But that your trespass now becomes a fee;
　Mine ransoms yours, and yours must ransom me.

ソネット　121

放埓でないのに放埓だと非難されるとき
放埓だとみなされるより実際に放埓である方がましだ
自分の感覚ではなく他者の見立てで判断されるなら
自分が正しい行いをしているという喜びさえ失われる、
なぜ他者の偽りにして淫らな目が
わたしの好色な気質に挨拶をするのだろうか？
あるいはわたしが良いと思うことをその性向上悪と考えるような
わたしより誘惑に弱い者たちが　なぜわたしをスパイのように嗅ぎまわるのだろう
　　か？
いや　わたしはこのとおりのわたしだ　わたしの放蕩を批判するかれらも
さんざん放蕩に耽っている
かれらが斜に構えたとしても　わたしはまっすぐな姿勢でいるだろう
かれらの卑しい見方でわたしの行為が世間に示されてはならない、
　　ひとはすべて悪人であり悪行を積み重ねているという
　　悪の一般性をかれらが主張するのでなければ。

Sonnet CXXI

'Tis better to be vile than vile esteemed,
When not to be receives reproach of being;
And the just pleasure lost, which is so deemed
Not by our feeling, but by others' seeing:
For why should others' false adulterate eyes
Give salutation to my sportive blood?
Or on my frailties why are frailer spies,
Which in their wills count bad what I think good?
No, I am that I am, and they that level
At my abuses reckon up their own:
I may be straight though they themselves be bevel;
By their rank thoughts, my deeds must not be shown;
　　Unless this general evil they maintain,
　　All men are bad and in their badness reign.

ソネット　122

あなたの贈り物　ノートブックはわたしの頭の中にあります
いっぱいに書き込まれた忘れ難い記憶は
いつまでも　というより永遠に
様々な雑多な書き込みを上回って残っていくでしょう、
あるいは少なくとも頭と心が
与えられた能力を持ち続ける限り
そのいずれかがあなたの記憶を奪われるまでは
あなたの記録は決して失われることはありません、
その小さなノートブックにはそれほど多くを書き込めないでしょう
またあなたの大切な愛を数える割り符は必要ないでしょう
だからわたしは自信を持ってそのノートブックを手放したのです
わたしの頭の中のノートブックはあなたのことをより多く書き込めるからです、
　あなたを思い出すためのよすがとしてなにかを持っているなんて
　わたしがあなたのことをすぐ忘れてしまうということになってしまいます。

Sonnet CXXII

Thy gift, thy tables, are within my brain
Full charactered with lasting memory,
Which shall above that idle rank remain,
Beyond all date, even to eternity:
Or, at the least, so long as brain and heart
Have faculty by nature to subsist;
Till each to razed oblivion yield his part
Of thee, thy record never can be missed.
That poor retention could not so much hold,
Nor need I tallies thy dear love to score;
Therefore to give them from me was I bold,
To trust those tables that receive thee more:
　To keep an adjunct to remember thee
　　Were to import forgetfulness in me.

ソネット　123

いやいや　時よ　わたしが変わりゆくなどと豪語すべきではない
新たな権力によって建てられたその尖塔も
わたしにはまったく目新しくはなく新奇でもない
それらは過去の光景の新たな装いにすぎない、
われわれの寿命は短い　それゆえ
時が昔のものを押し付ける手口に驚いてしまう
われわれは以前にそれらを耳にしたと思うよりは
自分たちが新たに作ったと思いたがる、
時が記録した歴史も時自身のいずれをもわたしはものともしない
現在の出来事にも過去の出来事にも惑わされることはない
なぜならその歴史もわれわれの目にする光景も嘘っぱちであり
時の絶え間のない性急さによってその重要度がいい加減に作られるからだ、
　誓って言うが　時の大鎌と時自身があるにせよ
　わたしは誠実であり　ずっとそうあり続けるだろう。

Sonnet CXXIII

No, Time, thou shalt not boast that I do change:
Thy pyramids built up with newer might
To me are nothing novel, nothing strange;
They are but dressings of a former sight.
Our dates are brief, and therefore we admire
What thou dost foist upon us that is old;
And rather make them born to our desire
Than think that we before have heard them told.
Thy registers and thee I both defy,
Not wondering at the present nor the past,
For thy records and what we see doth lie,
Made more or less by thy continual haste.
　This I do vow and this shall ever be;
　I will be true despite thy scythe and thee.

ソネット　124

わたしの心からの愛が偶然の子供なら
それは運命の女神の私生児として父無し児かもしれない
時の愛あるいは憎しみに左右される
雑草の一種あるいは集められた花の一束にすぎないだろう、
いや　それはたまたま作られたものではなく
時がわが時代の風潮に従うことを唆そうとしても
作り笑いの権力者にも欺かれることはなく
拘束された反体制派の一撃にも屈することはない、
それは瞬く間に過ぎる限られた時間に作用する
あの異端的な策略を恐れることはない
だがそれ自身はただひとつきわめて英知に満ちたものであり
暑さで増長することも驟雨で溺れることもない、
　その証人としてわたしは　善意のために死に　罪悪のために生きてきた
　時の道化役を呼び出そう。

Sonnet CXXIV

If my dear love were but the child of state,
It might for Fortune's bastard be unfathered,
As subject to Time's love or to Time's hate,
Weeds among weeds, or flowers with flowers gathered.
No, it was builded far from accident;
It suffers not in smiling pomp, nor falls
Under the blow of thralled discontent,
Whereto th' inviting time our fashion calls:
It fears not policy, that heretic,
Which works on leases of short-number'd hours,
But all alone stands hugely politic,
That it nor grows with heat, nor drowns with showers.
　To this I witness call the fools of time,
　　Which die for goodness, who have lived for crime.

ソネット 125

天蓋を運ぶ役割はわたしにどんな意味があったのだろうか？
わたしの外観によって世間的な敬意を表するというような
あるいは永遠に保持されることを目指して設置した大きな基盤が
荒廃や崩壊よりも更に速やかに毀損してしまうことが分ったというような、
儀礼や恩恵に浸っていた者たちが単純な味つけを放棄し
複雑な味つけに取りつかれたことによってすべてを失ったのを
あるいはあさましい成功者たちが他人の挙動にばかり気をとられているのを
わたしは見て来なかっただろうか？
いやそんなことはない　あなたの心の中でかしずくわたしを受け入れてほしい
そして　粗末でも無償のわたしの捧げものを受け取ってほしい
それにはまがい物は混ざっていず虚飾はなく
たがいに尽くし合い　わたしはただあなたのためにあるのです、
　　買収された通報者は立ち去れ！　誠実なひとには
　　重大な告発を受けたとしてもおまえの支配などまったく及ばないのだから。

Sonnet CXXV

Were't aught to me I bore the canopy,
With my extern the outward honouring,
Or laid great bases for eternity,
Which proves more short than waste or ruining?
Have I not seen dwellers on form and favour
Lose all and more by paying too much rent
For compound sweet, forgoing simple savour,
Pitiful thrivers, in their gazing spent?
No; let me be obsequious in thy heart,
And take thou my oblation, poor but free,
Which is not mixed with seconds, knows no art,
But mutual render, only me for thee.
　Hence, thou suborned informer! a true soul
　When most impeached stands least in thy control.

ソネット　126

おお　わたしの可愛いひとよ　あなたは
時の変わりやすい鏡や鎌　時間をしっかりとその手に収めている
あなたは年をとるにつれ成長したが　そのことで
素敵なあなたが成長するにつれあなたの親しい人たちが老いゆくことを示す、
もし破滅に勝る女王として自然の女神が
進みゆくあなたをいつまでも引き戻すなら
彼女があなたをそういう目的で手元に置くことによってその手管で
時を辱め　悲惨な時間の作用を抑え込むかもしれない、
それでもなお自然の女神を恐れなさい　おお　あなたが彼女の快楽のペットである
　　にしても！
彼女はその宝物を一時引き留めても永遠に手元に置くことはできないかもしれない
彼女は清算書に対応しなければならない（たとえ遅らせたとしても）
そしてその決済はあなたを引き渡すことで行われる、
　　(　　　　　　　　　　　　　　　　　　　　　　　　　　)
　　(　　　　　　　　　　　　　　　　　　　　　　　　　　)

※最後の二行については 164 ページを参照のこと

Sonnet CXXVI

O thou, my lovely boy, who in thy power
Dost hold Time's fickle glass, his sickle, hour;
Who hast by waning grown, and therein showest
Thy lovers withering, as thy sweet self growest.
If Nature, sovereign mistress over wrack,
As thou goest onwards still will pluck thee back,
She keeps thee to this purpose, that her skill
May time disgrace and wretched minutes kill.
Yet fear her, O thou minion of her pleasure!
She may detain, but not still keep, her treasure:
Her audit (though delayed) answered must be,
And her quietus is to render thee.
　　(　　　　　　　　　)
　　(　　　　　　　　　)

ソネット　127

昔は　黒は美しいとはされなかった
あるいは仮に黒が美しかったとしても美という名前は持たなかった
だが今では黒は美の跡継ぎだ
そして美は私生児という呼ばれ方で貶められている、
なぜなら人はみなそれぞれに自然の女神の力を手に入れて
化粧を施した偽りの借り物の顔によって醜さを美化してしまったので
今や愛らしい美は名前も聖なる私室も持たず
辱められることはないにしても神聖さを汚されているからだ、
それゆえわたしの恋人の目は鴉のように黒い
その目は今の時代に合っている　そしてその目は
醜く生まれて美しさを欠き偽りの粧いにより自然の美を貶める者たちを
嘆いているように見える、
　　その目はそんなにもその悲痛を表現するのにふさわしいので
　　美というものはそんなふうに見えるべきだとだれもが言うのだ。

Sonnet CXXVII

In the old age black was not counted fair,
Or if it were, it bore not beauty's name;
But now is black beauty's successive heir,
And beauty slandered with a bastard shame:
For since each hand hath put on Nature's power,
Fairing the foul with Art's false borrowed face,
Sweet beauty hath no name, no holy bower,
But is profaned, if not lives in disgrace.
Therefore my mistress' eyes are raven black,
Her eyes so suited, and they mourners seem
At such who, not born fair, no beauty lack,
Sland'ring creation with a false esteem:
　　Yet so they mourn becoming of their woe,
　　That every tongue says beauty should look so.

ソネット　128

わたしの喜びの調べ　あなたのしなやかな指が
幸福な鍵盤に触れて楽の音を奏でる時
その鍵盤の柔らかな動きが
わたしの耳を魅惑する弦の調和を生み出す時、
キスを受けるはずのわたしの哀れな唇が
誇らし気な鍵盤を弾くあなたのそばで羨ましそうにしている時に
それらのジャック（打鍵槌）が素早く上下して
あなたの手のひらにキスするのをどれほどしばしば羨んだことだろうか！
そのように触れてもらいたいからわたしの唇は
あなたの指が鍵盤の上をやさしく動き
命のない鍵盤を生きている唇よりも祝福するので
舞い踊る鍵盤とその立場と状況を入れ替わりたいと望むのです、
　　好色なジャックはそんなふうに恵まれているので
　　それらにはあなたの指を　わたしにはあなたの唇とキスを与えて下さい。

Sonnet CXXVIII

How oft when thou, my music, music play'st,
Upon that blessed wood whose motion sounds
With thy sweet fingers when thou gently sway'st
The wiry concord that mine ear confounds,
Do I envy those jacks that nimble leap,
To kiss the tender inward of thy hand,
Whilst my poor lips which should that harvest reap,
At the wood's boldness by thee blushing stand!
To be so tickled, they would change their state
And situation with those dancing chips,
O'er whom thy fingers walk with gentle gait,
Making dead wood more bless'd than living lips.
　Since saucy jacks so happy are in this,
　Give them thy fingers, me thy lips to kiss.

ソネット　129

恥ずべくして不毛な精力の浪費は
満たそうとする欲望であり　満たされるまでは欲望は
偽りであり殺人的であり血なまぐさく罪深く
野蛮で極端で野卑で残酷で信じられない、
欲望は満たされるや否やすぐさま軽蔑すべきものになる
理性で抑えられないほど追い求め　満たされるや否や
理性で抑えられないほど憎悪する　食いついた魚を狂わせるために
仕掛けられ飲み込まれた餌のように、
狂ったように追い求め　狂ったようにとらえ続ける
満たされていた　今満たされている　更に究極の満足を求めようとする
満たされている時の至福から　満たされた後の悲哀へ
快楽を得る前はあんなに求めていたのに快楽を得た後は儚い夢のようだ、
　　そんなことはだれでも知っている　だがひとびとをこんな風に地獄へと導く
　　天国というものは避けるべきだということはだれも知らないのだ。

Sonnet CXXIX

The expense of spirit in a waste of shame
Is lust in action: and till action, lust
Is perjured, murderous, bloody, full of blame,
Savage, extreme, rude, cruel, not to trust;
Enjoyed no sooner but despised straight;
Past reason hunted; and no sooner had,
Past reason hated, as a swallowed bait,
On purpose laid to make the taker mad.
Mad in pursuit and in possession so;
Had, having, and in quest to have extreme;
A bliss in proof, and proved, a very woe;
Before, a joy proposed; behind a dream.
　　All this the world well knows; yet none knows well
　　To shun the heaven that leads men to this hell.

ソネット　130

わたしの恋人の眼は太陽とは程遠い
珊瑚は彼女の唇よりもずっと赤い
雪が白いとしたら彼女の胸はなぜ灰色っぽいのだろう
髪の毛が糸だったとしたら彼女の頭には黒糸が生えている、
わたしはこれまでにダマスク色　赤色　白色の薔薇の花を見たことがある
だが彼女の頬はそんな薔薇色ではない
わたしの恋人が吐く息よりも
もっと芳しい香りを放つ香水がある、
わたしは彼女が話すのを聞くのが好きだが
音楽ははるかに快い音を響かせることをわたしはよく知っている
わたしはこれまでに女神が歩む様を見たことがないことを認めるが
わたしの恋人は歩く時には地面を踏む、
　　それでもなお神かけてわたしは彼女がこの上なく素晴らしい女性だと思う
　　偽りの比較によって過大な評価を受けたどんな女性にも増して。

Sonnet CXXX

My mistress' eyes are nothing like the sun;
Coral is far more red, than her lips red:
If snow be white, why then her breasts are dun;
If hairs be wires, black wires grow on her head.
I have seen roses damasked, red and white,
But no such roses see I in her cheeks;
And in some perfumes is there more delight
Than in the breath that from my mistress reeks.
I love to hear her speak, yet well I know
That music hath a far more pleasing sound:
I grant I never saw a goddess go,
My mistress, when she walks, treads on the ground:
　And yet by heaven, I think my love as rare,
　As any she belied with false compare.

ソネット　131

あなたは暴君のようです　あたかも美女たちの誇るべき美貌が
彼女たちを残酷にさせるように
なぜならわたしの切実な愛に溺れる心にとってあなたが最も美しく最も貴重な宝石
であることを　あなたはよく承知しているからです、
けれども　あなたを見たことのある人たちが　誓って
あなたの顔には愛する者にうめき声を上げさせる魅力はないと言うのです
わたしには彼らの言い分が間違っていると指摘する勇気はありません
ただ自分の心の中で誓ってそのようにつぶやくだけです、
そしてそのように誓って言うわたしの言葉は決して偽りではありません
あなたの顔そして互いに首を重ねるところを思い浮かべるだけでも
一千回ものうめき声を発するし　そのことはあなたの黒さが最も美しいと
わたしが判断していることを保証もしてくれるのです、
　　あなたはその振舞い以外は黒くはないのです
　　それゆえ　このような中傷が生まれるのだとわたしには思えます。

Sonnet CXXXI

Thou art as tyrannous, so as thou art,
As those whose beauties proudly make them cruel;
For well thou know'st to my dear doting heart
Thou art the fairest and most precious jewel.
Yet, in good faith, some say that thee behold,
Thy face hath not the power to make love groan;
To say they err I dare not be so bold,
Although I swear it to myself alone.
And to be sure that is not false I swear,
A thousand groans, but thinking on thy face,
One on another's neck, do witness bear
Thy black is fairest in my judgment's place.
　In nothing art thou black save in thy deeds,
　And thence this slander, as I think, proceeds.

ソネット　132

あなたの目をわたしは愛しています　それらはわたしを憐み
あなたの心が蔑みによってわたしを傷つけることに気づいており
黒い色で装う愛情深い弔問客であり
わたしの痛みを哀れむやさしい目を注いでくれるのです、
そして実際のところ　空に輝く朝日でさえ
東の空の灰色がかった頬の色にさほどマッチすることはなく
夕方の空に現れる一番星もまた地味な色の西の空に対して
その光輝を半減してしまうのです、
哀悼に満ちたあなたの両眼がその顔にマッチしているのとは違うのです
おお　それならあなたの心もまたわたしを哀悼するのがふさわしいでしょう
哀悼はあなたに優美さを与えるのであり
あなたのすべてにおいて憐みにふさわしいものなのですから、
　　そうすれば　わたしは誓って言います　美そのものは黒色であり
　　またあなたの肌の色合いを欠くものはすべて醜いのだと。

Sonnet CXXXII

Thine eyes I love, and they, as pitying me,
Knowing thy heart torments me with disdain,
Have put on black and loving mourners be,
Looking with pretty ruth upon my pain.
And truly not the morning sun of heaven
Better becomes the grey cheeks of the east,
Nor that full star that ushers in the even,
Doth half that glory to the sober west,
As those two mourning eyes become thy face:
O! let it then as well beseem thy heart
To mourn for me since mourning doth thee grace,
And suit thy pity like in every part.
　　Then will I swear beauty herself is black,
　　And all they foul that thy complexion lack.

ソネット　133

あなたの心はわたしの友人とわたしに深い傷を与えて
わたしの心を呻かせるとはなんということでしょう！
愛する苦しみでわたしを苛むだけでは不十分で
わたしの親友までも奴隷のように虐げられなければならないのですか？
あなたの残酷な目はわたしを射すくめてしまいました
さらにあなたはわたしの親友をすっかり虜にしてしまったのです
彼もわたし自身もあなたもわたしは失ったのです
３掛ける３重もの苦悶がこのように交錯するのです、
わたしの心をあなたの冷酷な心の牢獄に閉じ込めてもかまいません
でもわたしの友の心はわたしのあわれな心に救出させてください
わたしを閉じ込めるのがだれであろうとわたしの心を彼の看守にしてください
それならあなたはわたしの監獄では苛酷な振舞いは出来ないでしょう、
　　いやそれでもあなたは苛酷に振舞えるでしょうね　なぜならわたしはあなたに
　　囚われており　わたしの心と体のすべてが否応なしにあなたのものだからです。

Sonnet CXXXIII

Beshrew that heart that makes my heart to groan
For that deep wound it gives my friend and me!
Is't not enough to torture me alone,
But slave to slavery my sweet'st friend must be?
Me from myself thy cruel eye hath taken,
And my next self thou harder hast engrossed:
Of him, myself, and thee I am forsaken;
A torment thrice three-fold thus to be crossed.
Prison my heart in thy steel bosom's ward,
But then my friend's heart let my poor heart bail;
Whoe'er keeps me, let my heart be his guard;
Thou canst not then use rigour in my jail:
　And yet thou wilt; for I, being pent in thee,
　Perforce am thine, and all that is in me.

ソネット　134

今や彼があなたのものであり
わたしがあなたの抵当に入っていることを認めた以上
わたしはわたし自身を失うだろうし　あなたはもう一人のわたし
つまり彼をわたしに返してずっと安心させてくれるだろう、
いやあなたは返しはしないだろうし　彼もまた自由になろうとしないだろう
なぜならあなたは欲張りで彼は優しいからだ
彼は自分をもきつく拘束する証文に
保証人のようにわたしのために署名することを学んだのだった、
あなたはその美貌の権利を行使するだろう
あなたは使えるものは何でも使い
わたしのために債務を背負った彼を訴える金貸しだ
そうしてあなたはわたしにむごい仕打ちをしてわたしに彼を失わせる、
　　実際わたしは彼を失い　あなたは彼もわたしも手に入れた
　　彼は借金をすべて返すが　それでもわたしは自由になることはない。

Sonnet CXXXIV

So now I have confessed that he is thine,
And I my self am mortgaged to thy will,
Myself I'll forfeit, so that other mine
Thou wilt restore to be my comfort still:
But thou wilt not, nor he will not be free,
For thou art covetous, and he is kind;
He learned but surety-like to write for me,
Under that bond that him as fast doth bind.
The statute of thy beauty thou wilt take,
Thou usurer, that put'st forth all to use,
And sue a friend came debtor for my sake;
So him I lose through my unkind abuse.
　　Him have I lost; thou hast both him and me:
　　He pays the whole, and yet am I not free.

143

ソネット　135

どんな女性にも欲求があるように　あなたにも欲望があります
その上膨大な欲望　有り余るほどの欲望をもっています
あなたを求め続けるわたしは　こんなふうにして
あなたの甘美な欲望を過剰なまでに増長させるのです、
広大な欲望を持つあなたなのに　わたしの欲望があなたの欲望と
融け合うことを一度として許してくれないのですか？
ほかの人の欲望は本当に魅力的に見えるのでしょうか
そしてわたしの欲望はと言えばやさしく受け入れてもらえないのですか？
海は水を湛えているのにそれでもなお雨を受け入れ続けて
たっぷりとその水量を増やします
そのようにあなたも欲望に恵まれているけれども　あなたの欲望に
わたしの欲望を加えてあなたの大きな欲望をさらにふくらませてほしい、
　あなたを恋い慕う素敵な者たちを冷酷にあしらわないでください
　みんな同じようなものです　だからわたしをそんなひとりの恋人と思ってください。

Sonnet CXXXV

Whoever hath her wish, thou hast thy Will,
And Will to boot, and Will in over-plus;
More than enough am I that vexed thee still,
To thy sweet will making addition thus.
Wilt thou, whose will is large and spacious,
Not once vouchsafe to hide my will in thine?
Shall will in others seem right gracious,
And in my will no fair acceptance shine?
The sea, all water, yet receives rain still,
And in abundance addeth to his store;
So thou, being rich in Will, add to thy Will
One will of mine, to make thy large will more.
　Let no unkind, no fair beseechers kill;
　Think all but one, and me in that one Will.

ソネット　136

わたしがあなたに近づきすぎると言ってあなたの心があなたを責めるなら
わたしはあなたの恋人だったのだと事情知らずの心に言ってやってください
そうすればあなたの心もわたしの恋がそこでは認められるのをわかるはずです
わたしの求愛はそんなふうにして甘く満たされるのです、
ウィルはあなたの愛の秘宝を満たし
ええ　いくつもの愛で満たしますが　わたしもそのひとりなのです
大きな容量を持った物の中では1という数は数に入らないとみなされることを
わたしたちは容易に見て取れます、
だからわたしを数に入れないようにしてください
もっともあなたのリストの中でIは1かもしれませんが
わたしがあなたの愛を甘く満たすことができるなら
わたしのことなど軽く見たってかまいませんよ、
　　わたしの名前だけをあなたの恋人にしてずっと愛してください
　　そうすれば　あなたはわたしを愛するでしょう　わたしの名前は「ウィル」なの
　　ですから。

Sonnet CXXXVI

If thy soul check thee that I come so near,
Swear to thy blind soul that I was thy Will,
And will, thy soul knows, is admitted there;
Thus far for love, my love-suit, sweet, fulfil.
Will, will fulfil the treasure of thy love,
Ay, fill it full with wills, and my will one.
In things of great receipt with ease we prove
Among a number one is reckoned none:
Then in the number let me pass untold,
Though in thy store's account I one must be;
For nothing hold me, so it please thee hold
That nothing me, a something sweet to thee:
　　Make but my name thy love, and love that still,
　　And then thou lovest me for my name is 'Will.'

ソネット　137

盲目にしておバカさんのキューピッドよ　おまえはわたしの目に何をしようという
　　のだろう
わたしの目は世間を観察しているが　見ているものさえ見えないと思わせることだ
　　ろうか？
わたしの目は美が何であり美がどこにあるのかを知っているのに
最悪のものを最良のものにとりちがえてしまう、
もし目が余りに誘惑的な容貌に眩惑されて
あらゆる男がたむろする湾に錨を下ろすなら
わたしの心の分別が結び付けられているフックを
おまえはなぜ目に欺かれることによって造り上げたのだろうか？
わたしの心はそれが広い世間の共有地であると知っているのに
なぜわたしの心がそれを私有地であると考えなければならないのだろうか？
あるいはわたしの目は　そのことを見ていながらそうではないと言うのだろうか？
そんなにも醜い顔に美しい真実を塗るために、
　　正しいものや本当のものの中にありながら　わたしの心と目は誤りを犯してしまった
　　そしてそれらは今やこの偽りの疫病へと引き寄せられてしまった。

Sonnet CXXXVII

Thou blind fool, Love, what dost thou to mine eyes,

That they behold, and see not what they see?

They know what beauty is, see where it lies,

Yet what the best is take the worst to be.

If eyes, corrupt by over-partial looks,

Be anchored in the bay where all men ride,

Why of eyes' falsehood hast thou forged hooks,

Whereto the judgment of my heart is tied?

Why should my heart think that a several plot,

Which my heart knows the wide world's common place?

Or mine eyes, seeing this, say this is not,

To put fair truth upon so foul a face?

　In things right true my heart and eyes have erred,

　And to this false plague are they now transferred.

ソネット　138

わたしの恋人が自分は本当のことしか言わないと誓う時
わたしは彼女が嘘をついているとわかっていてもその言葉を信じる
彼女がわたしを世間のまやかしの機微を悟っていない
世慣れない若造だと思えるように、
彼女がわたしの絶頂期は過ぎたと知っていても
彼女がわたしを若いと思っているとそんなふうにわたしは虚栄心から思い
ただただ彼女の嘘つきの舌を信用する
どちらからもそのように明らかな真実が隠される、
だがなぜ彼女は自分が不誠実だと言わないのだろう？
そしてなぜわたしは自分が老いていると言わないのだろう？
おお！愛の最善の特質は信じるふりをすることにあり
恋する年配者は年齢には触れられたくはない、
　　だからわたしは彼女に嘘をつき　彼女もわたしに嘘をつく
　　そしてわたしたちには欠点があるものの　嘘をつき合うことによってわたしたち
　　　はいい気分でいられる。

Sonnet CXXXVIII

When my love swears that she is made of truth,
I do believe her though I know she lies,
That she might think me some untutored youth,
Unlearned in the world's false subtleties.
Thus vainly thinking that she thinks me young,
Although she knows my days are past the best,
Simply I credit her false-speaking tongue:
On both sides thus is simple truth suppressed:
But wherefore says she not she is unjust?
And wherefore say not I that I am old?
O! love's best habit is in seeming trust,
And age in love, loves not to have years told:
　Therefore I lie with her, and she with me,
　And in our faults by lies we flattered be.

ソネット　139

おお！あなたの冷たさがわたしの心を悩ましているのに
そんなひどい仕打ちを弁護するようにとわたしに言わないでください
言葉ならまだしも視線でわたしを傷つけないでください
わたしの命を取るなら計略ではなく力づくでやってください、
ほかの男を愛すると言うのはやむをえません　でもわたしの面前では
どうかあなたの視線をほかの男に向けるのを避けてください
あなたの攻撃力がわたしの脆弱な防御力を上回っているのに
なぜあなたは狡猾な戦略を用いてわたしを傷つけようとするのですか？
でもあなたを許してあげましょう　ああ！わたしの恋人は
その愛らしい容貌がわたしにとってはずっと敵であったことをよく知っているから
　です
だからこそあのひとはわたしの顔からその目をそむけるのです
もっともその視線はほかの男たちになら矢を射当てるかもしれませんが、
　いやむしろそんなことはせずに　わたしは死んだも同然なのですから
　今すぐその目で殺してください　そしてわたしの痛みを取り除いて下さい。

Sonnet CXXXIX

O! call not me to justify the wrong
That thy unkindness lays upon my heart;
Wound me not with thine eye, but with thy tongue:
Use power with power, and slay me not by art,
Tell me thou lov'st elsewhere; but in my sight,
Dear heart, forbear to glance thine eye aside:
What need'st thou wound with cunning, when thy might
Is more than my o'erpressed defence can bide?
Let me excuse thee: ah! my love well knows
Her pretty looks have been mine enemies;
And therefore from my face she turns my foes,
That they elsewhere might dart their injuries:
　Yet do not so; but since I am near slain,
　Kill me outright with looks, and rid my pain.

ソネット　140

あなたは残酷なのと同じくらい賢く振舞ってほしい
言いたいことも言わずにいるわたしをあんまりいじめないでほしい
悲しみのあまりわたしが言葉を発し　その言葉が
憐みを懇願するような痛みとして表現されるのを避けたいから、
わたしがあなたに賢い振舞い方を教えたほうがよかったのかもしれない
あなたはわたしを愛していないにしてもわたしに愛していると言うように
ちょうど不機嫌な病人に死期が近づいていても
聞こえる医者の言葉は快方に向かっているということだけであるように、
なぜならもしわたしが絶望したらわたしは狂気に陥るだろう
そして狂乱の余りあなたの悪口を言ってしまうかもしれないから
今や世の中は曲解が横行してひどいことになっていて
狂った中傷者の言うことが狂った聴衆に信じられている、
　わたしがそんなふうにならないように　またあなたが中傷されないように
　あなたの目をまっすぐわたしに向けてほしい　いかにその誇り高い心がよそ見を
　するとしても。

Sonnet CXL

Be wise as thou art cruel; do not press
My tongue-tied patience with too much disdain;
Lest sorrow lend me words, and words express
The manner of my pity-wanting pain.
If I might teach thee wit, better it were,
Though not to love, yet, love to tell me so;
As testy sick men, when their deaths be near,
No news but health from their physicians know;
For, if I should despair, I should grow mad,
And in my madness might speak ill of thee;
Now this ill-wresting world is grown so bad,
Mad slanderers by mad ears believed be.
　That I may not be so, nor thou belied,
　Bear thine eyes straight, though thy proud heart go wide.

ソネット 141

実を言えばわたしの目はあなたを愛してはいないのですよ
なぜならあなたがたくさんの過ちを犯していることに気づいているからです
でもわたしの心はわたしの目が軽蔑するものを愛してしまうのです
心は目と相反して盲目的に愛してしまうのです、
わたしの耳もまたあなたの声音に快さを感じることはなく
触れ方も繊細ではなくややもするといやらしい感じになり
味覚も嗅覚も
あなたと二人きりで快楽に耽ることを欲しないのです、
でもわたしの五つの知恵も五感も
わたしの愚かな心があなたに仕えてしまうのを引き留めることができず
わたしの心が抜け殻のような男をコントロールできないので
男は気位の高いあなたの心の奴隷あるいは憐れな従者になってしまうのです、
　　ただこの恋煩いだけがこれまでにわたしの得たものなのです
　　わたしに罪を犯させた彼女こそわたしに痛みを与えるのです。

Sonnet CXLI

In faith I do not love thee with mine eyes,
For they in thee a thousand errors note;
But 'tis my heart that loves what they despise,
Who, in despite of view, is pleased to dote.
Nor are mine ears with thy tongue's tune delighted;
Nor tender feeling, to base touches prone,
Nor taste, nor smell, desire to be invited
To any sensual feast with thee alone:
But my five wits nor my five senses can
Dissuade one foolish heart from serving thee,
Who leaves unswayed the likeness of a man,
Thy proud heart's slave and vassal wretch to be:
　　Only my plague thus far I count my gain,
　　That she that makes me sin awards me pain.

ソネット 142

愛するのはわたしの罪　憎むのはあなたの気高い美徳
罪深い愛情に基づきわたしの罪を憎むこと
おお！せめてあなたは自身の精神状態をわたしの精神状態と比べてみて下さい
そうすればあなたはわたしの精神状態が非難に値しないことがわかるでしょう、
もし非難に値するとしてもあなたの唇から言われる筋合いはありません
真っ赤な口紅を汚すあなたの唇は
わたしと同様に偽の愛の契約書に判を押し
他人の寝室から得られる恩恵を奪い取るのです、
わたしがあなたを愛することを法に適うと思ってください　ちょうどあなたがほか
　の男たちを愛することと同様に
あなたの目はその男たちを誘惑するのです　わたしの目があなたに執拗に求愛する
　ように
あなたの心に憐みを植え付けてください　それが成長したときには
あなたの憐みが憐れまれるに値するようになるように、
　　もしあなたが他人に対して拒むものを自分が手に入れようとするなら
　　あなたが模範を示したようにあなたが拒まれることになるかもしれません。

Sonnet CXLII

Love is my sin, and thy dear virtue hate,
Hate of my sin, grounded on sinful loving:
O! but with mine compare thou thine own state,
And thou shalt find it merits not reproving;
Or, if it do, not from those lips of thine,
That have profaned their scarlet ornaments
And sealed false bonds of love as oft as mine,
Robbed others' beds' revenues of their rents.
Be it lawful I love thee, as thou lov'st those
Whom thine eyes woo as mine importune thee:
Root pity in thy heart, that, when it grows,
Thy pity may deserve to pitied be.
　If thou dost seek to have what thou dost hide,
　By self-example mayst thou be denied!

ソネット 143

ほら　家事にいそしむ主婦は
逃げ出した家禽類を捕まえようと走り出します
赤ん坊を地面に下ろし　捕まえたいと思う家禽類を追いかけて
全速力で走ります、
放置された子供は　彼女の後を追いかけ
泣きながら彼女を捕まえようとします
自分の顔の前を飛ぶものを追いかけることに気を取られて
あわれな幼児の不平不満に気づかない彼女を、
そのようにあなたもまたあなたから逃げ出す男を追いかけて走るのです
そしてあなたの赤ん坊であるわたしは遠くからあなたを追いかけるのです
それでもあなたは目当ての男を手に入れればわたしの下に戻って来て下さい
そして母親らしくわたしにキスをしたり優しくしてください、
　　あなたが戻ってきてわたしが大声で泣くのをなだめてくれるのなら
　　わたしもあなたが「望みの男」を手に入れることができるように祈りましょう。

Sonnet CXLIII

Lo, as a careful housewife runs to catch
One of her feathered creatures broke away,
Sets down her babe, and makes all swift dispatch
In pursuit of the thing she would have stay;
Whilst her neglected child holds her in chase,
Cries to catch her whose busy care is bent
To follow that which flies before her face,
Not prizing her poor infant's discontent;
So runn'st thou after that which flies from thee,
Whilst I thy babe chase thee afar behind;
But if thou catch thy hope, turn back to me,
And play the mother's part, kiss me, be kind;
　　So will I pray that thou mayst have thy 'Will,'
　　If thou turn back and my loud crying still.

ソネット　144

慰めと絶望　わたしのふたりの恋人は
二つの精霊のようにいつもわたしを誘惑するのです
善良な天使はこの上なく美しい男性であり
邪悪な精霊は厚化粧した女性です、
わたしをすぐにでも地獄へと突き落そうとして　わたしの女性の悪魔は
わたしの善良な天使をわたしのベッドから誘い出そうとし
その淫らな驕慢さでわたしの清らかな聖者を陥れて
悪魔にしようとするのです、
それでもわたしの天使が悪魔になるかどうかは定かではないので
それをはっきりと告げることは差し控えます
とはいえ二人はわたしから離れて互いに親しくなるでしょう
片方の天使はもう一方の天使の地獄に誘い込まれるのだと思います、
　　でもわたしはそのことを知る由もないので　疑いつつ生きていくでしょう
　　わたしの邪悪な天使がわたしの善良な天使を追い出すまでは。

Sonnet CXLIV

Two loves I have of comfort and despair,
Which like two spirits do suggest me still:
The better angel is a man right fair,
The worser spirit a woman coloured ill.
To win me soon to hell, my female evil,
Tempteth my better angel from my side,
And would corrupt my saint to be a devil,
Wooing his purity with her foul pride.
And whether that my angel be turned fiend,
Suspect I may, yet not directly tell;
But being both from me, both to each friend,
I guess one angel in another's hell:
　　Yet this shall I ne'er know, but live in doubt,
　　Till my bad angel fire my good one out.

ソネット　145

愛の女神ビーナスの手によって造られた彼女の唇は
「わたしは嫌いよ」という言葉を吐き出した
彼女に恋焦がれているわたしに対して、
でも彼女がわたしの悲し気な様子を見たとき
彼女の心にすぐさま憐みの気持ちが湧いてきた
いつも優しい言い方をしていたのにと
彼女の心はその舌を責め
こうして新しい接し方を教えた、
彼女は「わたしは嫌いよ」に続く
言葉の最後を変えたのだった
天国から地獄へ飛び去る悪魔のような夜の後に
優しい日が訪れるように、
　彼女は「わたしは嫌いよ」という言葉を嫌いという範疇から捨て去り
　「でもあなたのことではないわ」と言ってわたしの命を救ったのです。

Sonnet CXLV

Those lips that Love's own hand did make,
Breathed forth the sound that said 'I hate',
To me that languished for her sake:
But when she saw my woeful state,
Straight in her heart did mercy come,
Chiding that tongue that ever sweet
Was used in giving gentle doom;
And taught it thus anew to greet;
'I hate' she altered with an end,
That followed it as gentle day,
Doth follow night, who like a fiend
From heaven to hell is flown away.
　'I hate', from hate away she threw,
　　And saved my life, saying 'not you'.

ソネット　146

わたしの罪深い肉体の真ん中にあるあわれな心よ
お前を包囲し飾り立てる反乱軍に糧食を供する心よ
どうしてお前は外壁をそんなにも豪華に飾り立てるかわりに
内部はやつれて飢えに苦しむのか？
どうしてお前はそんなにも膨大な経費を老朽化する邸宅のために
つぎ込むのか　賃借期間はそんなにも短いにもかかわらず？
この余剰分の相続人である虫けらがお前の家賃を食い尽くすのか？
こうしてお前の肉体は最期を迎えるのか？
そして　心よ　お前は召使いの損失によって生き延び
お前の蓄えを増やすためにそれを飢えさせ
無駄に費やす時間を売って神々しい時間を買うがいい
内面に重きを置いて外観はもはや飾ることをやめよ、
　　そうすればお前は人間を食らう死神を食らうことができるだろう
　　死神が死んでしまえばもはやお前が死ぬことはないのだ。

Sonnet CXLVI

Poor soul, the centre of my sinful earth,
... ... these rebel powers that thee array
Why dost thou pine within and suffer dearth,
Painting thy outward walls so costly gay?
Why so large cost, having so short a lease,
Dost thou upon thy fading mansion spend?
Shall worms, inheritors of this excess,
Eat up thy charge? Is this thy body's end?
Then soul, live thou upon thy servant's loss,
And let that pine to aggravate thy store;
Buy terms divine in selling hours of dross;
Within be fed, without be rich no more:
　So shall thou feed on Death, that feeds on men,
　And Death once dead, there's no more dying then.

ソネット　147

わたしの恋はいつも熱病のように
長きにわたって病気の世話をするものを求めており
思いを長引かせるものを摂取する
不確かで病的な欲求を満たすために、
わたしの恋に対する医師であるわたしの理性は
その指示が守られなかったことを怒ってわたしのもとを去った
今わたしは絶望的に認めざるを得ない
欲求が死に至ること　薬によって救われた例外はあるものの、
今理性が病気の世話をするのを放棄したのでわたしは治癒する見込みはなく
限りのない不安で狂気に陥ってしまう
わたしの考えとわたしの言葉は狂人のように
真実とはかけ離れて滅茶苦茶に表現される、
　わたしはあなたが色白美人だと請け合い　あなたが明朗だと思った
　あなたが地獄のように黒く　夜のように暗いにもかかわらず。

Sonnet CXLVII

My love is as a fever longing still,
For that which longer nurseth the disease;
Feeding on that which doth preserve the ill,
The uncertain sickly appetite to please.
My reason, the physician to my love,
Angry that his prescriptions are not kept,
Hath left me, and I desperate now approve
Desire is death, which physic did except.
Past cure I am, now Reason is past care,
And frantic-mad with evermore unrest;
My thoughts and my discourse as madmen's are,
At random from the truth vainly expressed;
　For I have sworn thee fair, and thought thee bright,
　Who art as black as hell, as dark as night.

ソネット 148

おお！キューピッドはどんな目をわたしの頭に埋め込んだのだろうか
それは現実の視界とは対応していない
もし対応しているのだとすればわたしの理性はどこに行ってしまったのだろうか？
それはわたしの目が正確にとらえたものを歪めてしまう、
わたしの偽りの目が溺愛するものが美しいとすれば
そうではないと言うことは一体なにを意味するのだろう？
そのものが美しくないとすれば　愛する者の目は他の人々のようには真実を見るこ
　　とがないということを
愛は十分に示すことになる、
それは可能だろうか？ああ　どうしたら愛する者の目が真実を見ることができるだ
　　ろうか
眠れずにいることと溢れる涙でそんなにも悩まされているのに？
それゆえわたしが真実を見誤ったとしてもなんら不思議ではない
空が晴れるまで太陽も自らの姿を見ることがない、
　　おお　狡猾なあなたよ！あなたは涙でわたしの目を見えなくする
　　よく見える目があなたの忌まわしい罪科を見出してしまわないように。

Sonnet CXLVIII

O me! what eyes hath Love put in my head,
Which have no correspondence with true sight;
Or, if they have, where is my judgment fled,
That censures falsely what they see aright?
If that be fair whereon my false eyes dote,
What means the world to say it is not so?
If it be not, then love doth well denote
Love's eye is not so true as all men's: no,
How can it? O! how can Love's eye be true,
That is so vexed with watching and with tears?
No marvel then, though I mistake my view;
The sun itself sees not, till heaven clears.
　O cunning Love! with tears thou keep'st me blind,
　Lest eyes well-seeing thy foul faults should find.

ソネット　149

おお　あなたはわたしがあなたを愛していないなんて言えるのですか　残酷な人で
　すね
わたしは自分に逆らってまであなたの肩を持っているというのに
わたしはあなたのことを思っていないと言うのですか　ひどい人ですね
あなたのせいでわたしは自分のことを蔑ろにしてしまっているのに、
わたしが自分の友達と呼ぶ人のだれがあなたを嫌うでしょうか
わたしが親しくしている人のだれにあなたは眉を顰めたりするでしょうか
もしあなたがわたしに顔をしかめるなら
わたしは自分への腹いせで嘆き悲しまないとでも言うのですか？
わたしの中にはどんな長所があると考えられるのでしょう
あなたに尽くすことを軽蔑するほどの誇らしい長所が
わたしのあらゆる美点があなたの欠点を崇拝しているのです
あなたの目の動きに操られているとしても、
　だが愛しい人よ　わたしを憎み続けていいのです　いまやわたしはあなたの気持
　ちがわかりましたから
　あなたが愛するのは目が見えるひとです　でもわたしは目が見えないのです。

Sonnet CXLIX

Canst thou, O cruel! say I love thee not,
When I against myself with thee partake?
Do I not think on thee, when I forgot
Am of my self, all tyrant, for thy sake?
Who hateth thee that I do call my friend,
On whom frown'st thou that I do fawn upon,
Nay, if thou lour'st on me, do I not spend
Revenge upon myself with present moan?
What merit do I in my self respect,
That is so proud thy service to despise,
When all my best doth worship thy defect,
Commanded by the motion of thine eyes?
　But, love, hate on, for now I know thy mind,
　Those that can see thou lov'st, and I am blind.

ソネット　150

おお！あなたのこの強い力はどんな力から手に入れたのだろうか
欠点によってわたしの心を支配する力は？
わたしの見る真実から目をそらさせ
必ずしも明るい光が一日を輝かしいものにするわけではないと言わせる力は？
あなたは邪悪なのにどのようにして優美さを身に着けたのだろう？
あなたの忌まわしい行為には
そんな強さと巧みな手管が伴っていて
わたしから見るとあなたの最悪の部分はどんな最善の部分にも勝っている、
一体だれがあなたにわたしが益々あなたを愛するようになる術を教えたのだろう？
憎しみを持たれるのが当然のしぐさを見たり聞いたりすればするほど益々
おお！わたしがほかのひとたちが嫌うものを愛するとしても
あなたは他の人たちと一緒になってわたしの心情を嫌うべきではありません、
　　もしあなたの下劣さがわたしの心に愛を呼び起こしたのだとしたら
　　わたしこそあなたに愛されてしかるべきです。

Sonnet CL

O! from what power hast thou this powerful might,

With insufficiency my heart to sway?

To make me give the lie to my true sight,

And swear that brightness doth not grace the day?

Whence hast thou this becoming of things ill,

That in the very refuse of thy deeds

There is such strength and warrantise of skill,

That, in my mind, thy worst all best exceeds?

Who taught thee how to make me love thee more,

The more I hear and see just cause of hate?

O! though I love what others do abhor,

With others thou shouldst not abhor my state:

　　If thy unworthiness raised love in me,

　　More worthy I to be beloved of thee.

159

ソネット　151

キューピッドは幼いので良心がどんなものか知りません
とは言え良心が愛から生まれることを知らない者などいるでしょうか？
だからやさしいいじめっ子よ　わたしの欠点を責めないでほしいのです
あなたが責めるわたしの過ちはあなたのせいだということが明らかになるといけま
　　せんから、
なぜならあなたがわたしを欺くので　わたしも自分の心を欺いて
粗野な体に罪を犯させるのですから
わたしの魂はわたしの体に
おまえが愛の勝利者だと告げるのです　肉体はもはや分別を失い、
あなたの名を聞けば起き上がりあなたの方を向くのです
肉体の勝利のご褒美として　このことを誇りに思い
肉体はあなたの奴隷であることに甘んじて
常時あなたのそばに付き従い御用に応えられるようにしているのです、
　　良心がないわけではないのでわたしがあなたを恋人だと言ってもよいのです
　　なぜならわたしの一挙手一投足は愛しいあなたのためになされるのですから。

Sonnet CLI

Love is too young to know what conscience is,
Yet who knows not conscience is born of love?
Then, gentle cheater, urge not my amiss,
Lest guilty of my faults thy sweet self prove:
For, thou betraying me, I do betray
My nobler part to my gross body's treason;
My soul doth tell my body that he may
Triumph in love; flesh stays no farther reason,
But rising at thy name doth point out thee,
As his triumphant prize. Proud of this pride,
He is contented thy poor drudge to be,
To stand in thy affairs, fall by thy side.
　　No want of conscience hold it that I call
　　Her love, for whose dear love I rise and fall.

ソネット　152

あなたを愛する中でわたしが偽りの誓いをしたことをあなたは知っている
だがあなたもわたしに愛を誓いながら二度もそれを破ったのだ
愛の行為の中でベッドでの誓いは破られ新たな誓約も反故にされた
誓いの言葉が発せられる中で　新たな愛が生まれた後に新たな憎悪が生まれた、
だが二十回も誓いを破ったわたしが
二つの誓いを破ったあなたを責めたりするだろうか？わたしは何度も誓いを破った
なぜならすべての誓いはただあなたを欺くための誓いであり
わたしのあなたへの率直な信頼も失われたのだから、
なぜならわたしはあなたの深い親切や
愛や真実や貞節を心底信じると誓い
そしてわたしはあなたを輝かせるため　自分の目を盲目にし
あるいはわたしはその目が見たものを見なかったことにすることをその目に誓わせ
　　たのだから、
　　なぜならわたしはあなたが美しいと証言したが
　　より嘘つきの目は　真実に反してそんなにも汚らわしい偽証をしたのだから。

Sonnet CLII

In loving thee thou know'st I am forsworn,
But thou art twice forsworn, to me love swearing;
In act thy bed-vow broke, and new faith torn,
In vowing new hate after new love bearing:
But why of two oaths' breach do I accuse thee,
When I break twenty? I am perjured most;
For all my vows are oaths but to misuse thee,
And all my honest faith in thee is lost:
For I have sworn deep oaths of thy deep kindness,
Oaths of thy love, thy truth, thy constancy;
And, to enlighten thee, gave eyes to blindness,
Or made them swear against the thing they see;
　For I have sworn thee fair; more perjured eye,
　To swear against the truth so foul a lie!

ソネット 153

キューピッドが松明をそばに置いて眠っていた、
女神ディアナの侍女はこの機会を見逃さなかった
そして恋心に火をつける炎がすばやく
その地の冷たい谷の泉に浸された、
この泉は　聖なる愛の炎から
古来より強烈だった熱を取り入れ持続させ
沸き返る温泉を産み出した
それは奇妙な疾病に対して最高の療養地だとひとびとが今なお保証するのだ、
だが　愛の神の松明は　わが恋人の目から新たに火種を得たので
少年はどうしてもその効果を試したくてわたしの胸に火をつけようとしたのだった
その結果病気になったわたしは　温泉の助けを強く望んで
そこへと急いだ　哀れな病人の客として、
　　だが　治りはしなかった　わが助けとなる温泉は
　　キューピッドが新たに火種を得たところ　すなわちわが恋人の目の中にあるのだ。

Sonnet CLIII

Cupid laid by his brand and fell asleep:
A maid of Dian's this advantage found,
And his love-kindling fire did quickly steep
In a cold valley-fountain of that ground;
Which borrowed from this holy fire of Love,
A dateless lively heat, still to endure,
And grew a seething bath, which yet men prove
Against strange maladies a sovereign cure.
But at my mistress' eye Love's brand new-fired,
The boy for trial needs would touch my breast;
I, sick withal, the help of bath desired,
And thither hied, a sad distempered guest,
　　But found no cure, the bath for my help lies
　　Where Cupid got new fire; my mistress' eyes.

ソネット 154

ある時　年若い愛の神は　心に火を付ける松明をかたわらにおいたまま
眠りに落ちていた
そこへ清らかに生きることを誓った多くの妖精たちが
足取りも軽く通りかかった、
その中の最も美しい妖精が
多くの者の純粋な心を熱くしてきた火を　その手で拾い上げた
そうして激しい欲望の将軍は
眠っている間に処女の手によって武器を奪われたのだ、
彼女はその松明を近くの冷たい泉に沈め
その泉は愛の火によって熱せられ続けて
ついに恋の病いの人々の療養のための温泉となった
だが恋人の虜となったわたしは、
　　それから解放されるためにその温泉に行ったのだが
　　分ったのは　愛の火は水を熱するが　水は愛を冷やさない　ということだった。

Sonnet CLIV

The little Love-god lying once asleep,

Laid by his side his heart-inflaming brand,

Whilst many nymphs that vowed chaste life to keep

Came tripping by; but in her maiden hand

The fairest votary took up that fire

Which many legions of true hearts had warmed;

And so the General of hot desire

Was, sleeping, by a virgin hand disarmed.

This brand she quenched in a cool well by,

Which from Love's fire took heat perpetual,

Growing a bath and healthful remedy,

For men diseased; but I, my mistress' thrall,

　Came there for cure and this by that I prove,

　Love's fire heats water, water cools not love.

（注）

ソネット１２６のカプレットの空白の二行については、その理由について諸説がある。たとえば、

① 美青年の具体的な情報が含まれていたので、出版者のトマス・ソープが削除したという説、

② ソネット１２３，１２４，１２５の 'No' の用法からすれば、ソネット１２６ではカプレットが 'No' で始まるべきだが、言葉は愛の純粋さを損なうおそれがあるので、言葉に代えて空白にしたという説、

③（　）が、砂時計を表すという説、あるいは墓を表すという説、などがある。

あとがき

　シェークスピアのソネットは10年ほど前にたまたま目にしてなんとなく記憶に残ったものの、さほど惹かれたわけではなかった。しかし、シェークスピアの芝居の脚本のすばらしさを考えるとその表現術の秘密がソネットにも隠されているかもしれないと思い直して、たわむれに1，2のソネットを訳してみると非常に難しいことに驚いた。立原道造のソネットとは対極にあるような理屈っぽさや美男子への愛、黒髪・色黒の女性への愛などテーマの異色性にも戸惑いながらもぽつりぽつり訳し続けるうちに、シェークスピアの複雑なレトリックにも次第に惹かれるようになり、どうせなら１５４篇すべてを訳出してみたいという欲求にとらわれた。

　シェークスピアのソネットにはすでにさまざまな訳や解説書も出版されているので、それらを参考にしながら自分なりの訳文を仕上げていったのだが、英語が古いことやソネットという表現形式の制約もあり、なかなか納得できるところまで到達できなかった。しかし、このままではいつまでも完成しそうもない。自分がとことん考えてここが限界だというところまで行ったところで、終止符を打とうと考え直して、5回10回と推敲を加えてようやく自分ではこれ以上できないというところに行きついた。

　足掛け７年もかかって自分なりにまとめた訳文ははじめは電子書籍による出版を考えていたが、ふと洪水企画の代表、池田康さんを思い出して、彼に紙の本の出版を依頼することにしたのだった。

　池田さんは、すぐれた本づくりのノウハウとセンス、日本文学だけでなく外国文学や外国語への造詣の深さを生かして情熱溢れる本づくりに取り組んでくれた。ここに心からの感謝を申し上げたい。

　この著書がひとりでも多くの方に御覧いただけたら著者にとってこれ以上の喜びはない。

２０２５年２月

南原充士

ウィリアム・シェークスピア

William Shakespeare

1564 〜 1616
英国の劇作家、詩人。ストラトフォード・アポン・エイボンで生まれる。

戯曲：
「ヘンリー六世」第一部〜第三部、「リチャード三世」、「間違いの喜劇」、「タイタス・アンドロニカス」、「じゃじゃ馬ならし」、「ヴェローナの二紳士」、「恋の骨折り損」、「ロミオとジュリエット」、「リチャード二世」、「夏の夜の夢」、「ジョン王」、「ヴェニスの商人」、「ヘンリー四世」第一部・第二部、「から騒ぎ」、「ウインザーの陽気な女房たち」、「ヘンリー五世」、「ジュリアス・シーザー」、「お気に召すまま」、「十二夜」、「ハムレット」、「トロイラスとクレシダ」、「終わりよければすべてよし」、「尺には尺を」、「オセロー」、「リア王」、「マクベス」、「アントニーとクレオパトラ」、「コリオレーナス」、「アテネのタイモン」、「ペリクリーズ」、「シンベリン」、「冬物語」、「テンペスト」、「ヘンリー八世」

詩歌作品：
「ヴィーナスとアドーニス」、「ルークリースの陵辱」、「ソネット集」

シェークスピア ソネット集

訳者………南原充士
発行日……2025 年 4 月 10 日
発行者……池田康
発行………洪水企画
〒 254-0914 神奈川県平塚市高村 203-12-402
TEL&FAX 0463-79-8158
http://www.kozui.net/
装幀………巖谷純介
印刷………モリモト印刷株式会社
ISBN978-4-909385-56-7
©2025 Nambara Jushi
Printed in Japan

◉詩人の遠征 （四六変形判、表紙小口折）

池田康　ネワエワ紀

マルク・コベール（有働薫訳）　骨の列島

新城貞夫　ささ、一献　火酒を

國峰照子　『二十歳のエチュード』の光と影のもとに

南原充士　永遠の散歩者

八重洋一郎　太陽帆走

池田康　詩は唯物論を撃破する

秋元千惠子　地母神の鬱

久保田幸枝　樺太回想

シュペルヴィエル（嶋岡晨訳）　悲劇的肉体

宇佐美孝二　黒部節子という詩人

愛敬浩一　遠丸立もまた夢をみる

愛敬浩一　草森紳一の問い

愛敬浩一　草森紳一「以後」を歩く

愛敬浩一　草森紳一は橋を渡る

愛敬浩一　荒川洋治と石毛拓郎

◉詩人の遠征 extra trek （A5判）

野村喜和夫対談集　ディアロゴスの12の楕円

谷口ちかえ　世界の裏窓から　カリブ篇

南原充士訳　シェークスピア　ソネット集